www.tredition.de

Urs Aebersold

* 1944 in Oberburg / CH

1963 Abitur in Biel/Bienne (CH)

1964 Schauspielschule in Paris

und dort erster Kurzspielfilm "S"

Studium an der Universität Bern

Weitere Kurzspielfilme. "Promenade en Hiver",

"Umleitung", "Wir sterben vor"

1967-70 Studium an der HFF München

1974 Erster Kinospielfilm DIE FABRIKANTEN

als Co-Autor, Co-Produzent und Regisseur

Diverse Drehbücher für "Tatort"

1986-93 Spielfilmredaktion Bayerischer Rundfunk

Ab 1994 wieder freier Autor und Regisseur

2016 erste Buchveröffentlichungen:

VERZAUBERT / NOVEMBERSCHNEE /

DAS BLOCKHAUS

Drei Erzählungen

JULIA / AM ENDE EINES TAGES /

DUNKEL IST DIE NACHT

Drei Erzählungen

NUITS BLANCHES

Roman

Urs Aebersold

www.tredition.de© 2016 Urs Aebersold

Cover-Foto: Standbild aus dem Kurzspielfilm
PROMENADE EN HIVER von Urs Aebersold

Verlag: tredition GmbH, Hamburg

ISBN

Paperback: 978-3-7345-7869-4

Hardcover: 978-3-7345-7870-0

e-Book: 978-3-7345-7871-7

Printed in Germany

I

Der Pritschenwagen mit dem riesigen Mulus aus Stroh, von einem Traktor gezogen, fährt gemächlich durch das Pasquart. Vor, hinter und auf dem Wagen, teils auf dem Mulus sitzend, mit Fackeln in den Händen, die Schülerinnen und Schüler des Jahrgangs 1963, die die Matura erfolgreich bestanden haben, begleitet von Lehrern, Eltern, Freunden und Schaulustigen. Die Gesichter sind feierlich erregt, mit einem Lächeln, das zwischen Stolz, Unglauben und Erleichterung wechselt, vom flackernden Licht der Fackeln dramatisch verstärkt. Dieser Zusammenschnitt von mehreren Super-8-Kameras ohne Ton mit den seltsam verwaschenen und zugleich übertrieben bunten Farben alter Filmaufnahmen sowie die Slowmotion verleihen der Szenerie einen zusätzlichen Hauch von Surrealität. Auf dem Wagen, dauernd den Augen- und Körperkontakt suchend, Alex - groß, blond idiosynkratisch, Louis - schmal, blaß, mit pechschwarzen Haaren, Paul - sportlich, gedrungen, introvertiert, und Celine - melancholisch, lange schwarze Haare, schwarze Augen.

Celine drückt auf der Fernbedienung des Videorecorders genau in dem Moment auf die Pausentaste, als Louis Celine kurz um die Taille faßt und ihr lächelnd etwas ins Ohr flüstert, starrt lange auf dieses Standbild, dann läßt sie den Film weiterlaufen. Wie jung sie damals waren und wie ahnungslos... Paul, Louis, Alex und sie... wie im Fieber verbrachten sie die Tage nach bestandener Matur, hin- und hergerissen zwischen Größenwahn und banger Erwartung, Lebenshunger und nihilistischer Attitüde, aufgeheizt durch Psychospiele, und merkten nicht, wie sie direkt auf eine Katastrophe zusteuerten...

Der Wagen biegt auf eine Wiese unweit des Sees ein und kommt zum Stehen. Der Mulus wird von Dutzenden von Händen herunter gezerrt und auf die Wiese gestellt. Die Lippen des Rektors bewegen sich tonlos zu einer kurzen Rede, dann wird der Mulus fast aggressiv mit den Fackeln entzündet, der sofort lichterloh brennt. Schulhefte, mißlungene Zeichnungen und was sich sonst an papiernem Ballast in einem Schülerleben ansammelt, wird mit Begeisterung in die Flammen geworfen. Die Stimmung ist erregt, die Gesichter glühen, Celine, Paul, Louis und Alex, etwas abseits, feiern auf ihre eigene Art. Louis hat aus einem Rucksack vier Gläser und eine Flasche Champagner gezaubert, die vier stoßen euphorisch an, dann endet der Film und blendet unvermittelt in grelles, flackerndes Weiß aus.

Celine schaltet Videorecorder und Fernseher aus, steht auf und stellt sich ans Wohnzimmerfenster ihres Zwei-Zimmer-Appartements. Draußen schwebt eine blasse Herbstsonne an einem wolkenlosen Himmel über dem See und versucht mit letzter Kraft, einen Sommertag zu imitieren.

Celine trägt ein festliches Kleid, das ihre schlank gebliebene Figur betont, ein paar graue Strähnen durchziehen ihr sorgfältig frisiertes, immer noch dichtes schwarzes Haar, das jetzt kürzer geschnitten ist. Der Ausdruck ihres Gesichts ist angespannt, als sie sich umdreht, zum Tisch geht und ein Blatt Papier in die Hand nimmt, die Einladung zur "30-Jahre-Matur-Feier" ihrer Klasse in ein paar Tagen. Celine läßt das Blatt sinken, in ihrem Gesicht arbeitet es, dann geht sie entschlossen in ihr Schlafzimmer und reißt sich heftig das Kleid vom Leib.

Die Sonne scheint schon eine ganze Weile in Celines Zimmer, die, in die zerwühlte Bettdecke vergraben, tief und fest schläft.

Ihr Zimmer ist voller Bücher, ein Aschenbecher steht auf dem Boden, an den Wänden hängen Reproduktionen berühmter Meisterwerke: Egon Munks <Der Schrei>, deutsche Expressionisten, ein Rembrandt, ein Hopper.

Im hellen Mittagslicht schimmert die Villa von Louis' Eltern majestätisch zwischen den Bäumen des kleinen Parks hervor, der sie umgibt.

Louis' Zimmer ist eingerichtet wie die Höhle eines Beatnik, nur ordentlicher, Fotos von Jack Kerouac, Neal Cassady, Allen Ginsberg und William S. Burroughs hängen an der Wand, Landschaftsfotos der USA und Mexikos, Fotos von Kerouac und Cassady, wie sie vor einer alten 1946er-Hudson-Limousine posieren, Poster von Charlie Parker und Miles Davies.

Louis ist dabei, sich ausgehfertig zu machen, dezent im Stil von Jack Kerouac, dem er mit seinen schwarzen Haaren sogar ein bißchen ähnlich sieht, hört dabei Be-Bop-Musik.

Louis betrachtet sich ein letztes Mal im Spiegel, schaltet die Musik aus und verläßt rasch sein Zimmer.

Louis eilt eine Treppe hinunter, geht einen Flur entlang und bleibt vor dem Salon stehen, konzentriert sich, atmet tief ein und stößt dann die Tür auf.

Louis betritt den Salon, in dem seine Eltern nach dem Mittagessen beim Kaffee sitzen. Mit der Linken hält er einen Autoschlüssel in die Höhe.

"Keine Widerrede! Ich nehme den Hudson!"

Louis sagt das bestimmt, um jeden Widerspruch zu ersticken.

Louis' Mutter, eine blasse, verblühte Schönheit, mit ihren schwarzen Haaren vom Ausdruck her ihrem Sohn auffallend ähnlich, blickt ängstlich zu seinem Vater, der unwillig von der Zeitung aufblickt.

"Schon wieder?"

"Ich habe Öl nachgefüllt..."

Louis' Vater, mächtig, korpulent, mit einem

großen, roten, fleischigen Gesicht, wendet sich knurrend wieder der Zeitung zu.

"Meinetwegen... aber sei heute abend pünktlich... wir haben Gäste, die wollen eine glückliche Familie sehen..."

Louis formt mit Zeigefinger und Daumen der rechten Hand eine Pistole, setzt sie sich an die Schläfe, den militärischen Gruß parodierend, schlägt die Hacken zusammen und brüllt.

"Aye, aye, Sir! Danke, Sir!"

Louis dreht sich rasch um und verläßt den Salon.

Sein Vater wirft ihm einen finsteren Blick nach, sieht dann Louis' Mutter an, die seinem Blick geflissentlich ausweicht, indem sie sich über den Tisch beugt und sich Kaffee nachschenkt.

In der Diele drückt Louis nahe am Eingang auf den Knopf eines Kästchens, und als er aus der Haustür tritt, gleitet die Tür der Doppelgarage bereits in die Höhe.

Eine alte, dunkle Hudson-Limousine Baujahr 1946, wie sie auf dem Poster in Louis' Zimmer abgebildet ist, und ein glänzender, neuerer Lincoln stehen nebeneinander.

Louis steigt in den alten Hudson und fährt los, er wirkt sehr vertraut mit der riesigen Limousine.

Hinter ihm sinkt die Garagentür langsam wieder nach unten.

Paul betritt das Schlafzimmer seiner Eltern, das den Eindruck eines Krankenzimmers erweckt. Seine Mutter, bleich und kränklich, in einen dicken Morgenmantel eingehüllt, sitzt auf der Bettkante und wartet bereits auf ihn.

Paul hilft seiner Mutter beim Aufstehen und geleitet sie sachte zur Tür hinaus, über den Flur zur Treppe, die nach unten führt.

"Ganz langsam... laß dir Zeit..."

Paul führt seine Mutter vorsichtig ins Wohnzimmer, läßt sie in einen bequemen Sessel gleiten und breitet eine Wolldecke über ihre Beine.

"Ich gehe jetzt... Marianne muß jeden Augenblick hier sein..."

Paul drückt seiner Mutter einen Kuß auf die Stirn und macht sich eilig davon.

Seine Mutter sieht ihm stumm und sorgenvoll nach.

Paul steht bereits auf der Straße, als Louis mit dem Hudson vor der Haustür hält.

Die Tür fliegt auf, Paul steigt ein, der Hudson braust davon.

Alex zieht sich hastig die Schuhe an, als seine Mutter herbei eilt und ihm einen Schal entgegen streckt.

"Hier... es könnte kühl werden am Abend..."

Ärgerlich winkt Alex ab und geht zur Haustür.

"Was soll das... ich bin doch kein Baby mehr..."

Als der Hudson mit Louis und Paul um die Ecke biegt, kommt Alex gerade aus der Haustür, reißt die hintere Tür des Hudson auf, der kaum richtig stoppt, springt hinein, Louis gibt wieder Gas.

Celine liegt angezogen auf dem ungemachten Bett und liest in dem Roman <On the Road> von Jack Kerouac.

Eine monströse Autohupe ertönt, einmal, zweimal, dreimal.

Celine springt sofort auf, öffnet das Fenster.

Unten steht der riesige alte Hudson, alle Türen sind weit offen.

Louis, Paul und Alex stehen daneben, schirmen ihre Augen gegen die Helligkeit ab und sehen zu Celines Fenster hinauf.

"Ich komme!"

Celine stürzt aus ihrem Zimmer.

An der Wohnungstür nimmt sie eine Jacke von der Garderobe und wirft sie sich über.

Im selben Augenblick öffnet ihre Mutter die Wohnzimmertür. Sie sieht müde und abgespannt aus.

"Celine! Bist du zum Abendessen zurück?

Celine verdreht die Augen.

"Mama, ich hab' grad' die Matur bestanden... ich geh' nicht mehr zur Schule..."

Die Mutter betrachtet sorgenvoll den schwarzen Rock, den schwarzen Rollkragenpullover, die dunkle Jacke ihrer Tochter.

"Immer dieses Rabenkostüm..."

Celine öffnet rasch die Wohnungstür und ist schon draußen.

Celine stürmt auf den dunklen Hudson zu und setzt sich auf den Beifahrersitz.

Louis knallt theatralisch ihre Tür zu, Alex und Paul steigen hinten ein, knallen ebenfalls übertrieben mit den Türen, zuletzt auch Louis, der sich ans Steuer setzt und rasant los fährt, alles ohne Worte.

Louis steuert mit wichtiger Miene das schwere Auto, wirft immer wieder kurze, abschätzende Blicke auf Celine.

"Und? Hast du das Buch schon gelesen?"

Celine sieht scheinbar gelangweilt aus dem Fenster, Alex und Paul feixen.

"Welches Buch?"

"Welches wohl..."

Paul mischt sich ein.

"Das er selbst geschrieben hat..."

Alex nimmt den Faden auf.

"...Jean Louis Lebris de Kerouac..."

Paul vollendet die Stichelei.

"...auch bekannt als Jack Kerouac..."

Celine mustert Louis kurz von der Seite, scheinbar unbeeindruckt.

"Ach, du meinst <On the Road>? Ich lese auch Bücher, die du mir nicht empfiehlst..."

Paul und Alex lachen laut heraus.

Louis drückt wütend aufs Gaspedal.

"Ihr drei seid alle solche Idioten..."

Der alte Hudson erreicht die Stadtgrenze und fährt gemächlich durch die sonnige, idyllische Seelandschaft, taucht in schattige Wälder ein, durchquert verschlafene kleine Dörfer. Das Radio ist an und auf einen Klassik-Sender eingestellt. Die vorüberziehenden Landschaften und die Musik verwandeln die Fahrt in etwas Rauschhaftes, Irreales, friedvoll und schwerelos gleiten sie dahin, sicher und geborgen in der schweren Limousine wie in einem aus der Zeit gefallenen Traum. Die vier sind wie in Trance, keiner spricht, alle spüren das Einmalige, nie Wiederkehrende dieses magischen Augenblicks.

Allmählich fangen sie wieder an sich zu regen, Louis und Paul wechseln sich am Steuer ab, entsprechend wechseln Beifahrer und Mitfahrer auf der Rückbank. Es kommt zu kleinen Rangeleien und Albernheiten zwischen Paul, Alex und Louis und offenen und versteckten Provokationen von Louis gege-

nüber Celine, wenn sie zusammen hinten sitzen. Als sie nicht reagiert, schreibt er etwas auf einen Zettel und steckt ihn ihr in die Jackentasche, doch Celine tut so, als merke sie es nicht. Wenn Paul und Alex hinten mit Celine zusammen sind, machen sie eher scheue und ungelenke Versuche, sich in Szene zu setzen.

Der Hudson fährt einen Weg am Waldrand entlang, wo sich in einer langen Reihe hoch aufgeschichtete Baumstämme stapeln. Der Hudson hält, alle steigen aus, dehnen und strecken sich.

Alex holt ein Reiseschachspiel aus dem Auto und richtet sich auf einem Stapel Bäume ein.

Paul gesellt sich zu ihm, und sofort sind sie in ihr Spiel vertieft.

Celine balanciert auf einem freiliegenden Baumstamm und beobachtet Louis, der einen dicken Baumstrunk in die Höhe wuchtet und damit auf Alex und Paul losgeht.

Paul und Alex springen in theatralischer Panik auf und verstecken sich im Auto.

Celine hüpft von ihrem Baumstamm herunter und setzt sich wie selbstverständlich auf den Fahrersitz.

Louis tut so, als hätte er sich bei seiner Aktion schwer verletzt und hinkt wie Frankenstein zum Auto. Verdutzt sieht er Celine am Steuer sitzen und schiebt sie, seine Pose übergangslos aufgebend, resolut auf den Beifahrersitz, setzt sich ans Steuer und fährt los.

Der alte Hudson mit Louis am Steuer kommt aus einem schmalen Waldweg, der sich plötzlich auf eine große Lichtung öffnet, an deren Rand eine große, verfallene Scheune steht.

Der Hudson hält auf der Wiese vor der Scheune, wo schon viele andere Autos stehen.

Louis steigt mit große Geste aus.

"Endstation... alles aussteigen..."

Paul, Alex und Celine sehen sich fragend an, Alex streckt seinen Kopf zum Fenster hinaus.

"Was sollen wir hier an diesem gottverlassenen Ort?"

Louis genießt offensichtlich die Situation.

"Laßt euch überraschen..."

Celine, Paul und Alex sehen sich resigniert an: diese Geheimnistuerei kennen sie offenbar zur Genüge. Sie steigen ebenfalls aus und folgen Louis, der direkt auf die Scheune zu geht.

Über der Eingangstür ist ein verwittertes Holzschild festgenagelt, das in naiver Malerei Motive aus Himmel und Hölle zeigt, darunter, in gotischer Schrift, HEAVEN & HELL.

Louis, Celine, Paul und Alex betreten die Scheune, Louis zahlt an die junge Frau, die am Eingang gelangweilt an der Kasse sitzt, zwanzig Franken.

Die Scheune besteht nur aus einem einzigen Raum. Von den Balken, an Schnüren befestigt, hän-

gen dicke, schwere Tücher herunter, mit denen man Teile des Raums abtrennen kann, in die Wände sind große, verglaste Öffnungen eingelassen, die im Augenblick von Jalousien verdeckt sind, einige von der Decke hängende nackte Glühbirnen verströmen ein düsteres Licht. Stühle und Tische stehen herum, auf denen Kerzen brennen, an einer der Längsseiten erstreckt sich ein riesiger Tresen, eine Ecke ist mit Sofas, Matratzen und Polstersesseln möbliert, in der zwei halbnackte Männer miteinander knutschen.

Das Ganze sieht aus wie das monströse Wohnzimmer einer verwahrlosten Sippe. Junge Männer und Frauen zwischen Mitte zwanzig bis vierzig sind hier versammelt, eine Mischung aus Beatniks und Existentialisten. Einige lesen, schreiben, einige trinken Wein und unterhalten sich, ein an den Armen tätowierter Mann zieht durch ein Trinkrohr ein weißes Pulver in die Nase, atemlos beobachtet von einem sehr jungen Paar, ein glatzköpfiger Mann um die sechzig, nur mit einer Turnhose bekleidet, stemmt in einer Ecke lautlos Gewichte, dicke Adern wölben sich auf seiner faltigen Haut.

Ein dünner, schwarz gekleideter junger Mann mit Flaum am Kinn hat eben eine Filmleinwand aufgespannt, vor der Stühle aufgestellt sind, auf denen bereits erwartungsvolle Zuschauer sitzen.

Hinter den Zuschauern beugt sich Raphael, ein bärtiger, etwa dreißigjähriger Mann über einen Plattenspieler, er hat Be-Bop aufgelegt, die gleiche Musik, die Louis in seinem Zimmer hörte. Auf einer

Kommode neben ihm ist ein Filmprojektor installiert.

Der junge Mann sieht fragend zu Raphael, der ihm zunickt, Musik und Deckenlicht ausmacht und den Filmprojektor startet. An den Tischen brennen noch die Kerzen.

Alex, Celine, Paul und Louis gehen rasch nach vorne und setzen sich nebeneinander vor die Leinwand.

Der Film WINTERSPAZIERGANG, in Schwarz/ Weiß, beginnt. Es ist ein Stummfilm mit Klaviermusik untermalt, er dokumentiert den bizarren Winterspaziergang eines jungen Paares, dessen Gefühlslage sich nur über wechselnde Landschaften, Gänge, Blicke in Großaufnahme und den französischen Voice-over-Kommentar der Protagonistin vermittelt.

In dem Raum ist es nie ganz still, doch zunehmend macht sich ein Geräusch vernehmbar, das aus der Ecke der 'Wohnlandschaft' kommt, es sind die Laute der beiden jungen Männer, die es offensichtlich miteinander treiben, was man im Widerschein des schwachen Kerzenlichts nur bei genauem Hinschauen wahrnehmen kann.

Celine, Paul und Alex suchen sich mit Blicken, während Louis mit sardonischem Lächeln auf die Leinwand starrt.

Der Film ist zu Ende, das Licht geht an, die Zuschauer stehen auf, Raphael legt wieder eine Platte auf, diesmal einen Blues.

In der 'Wohnlandschaft' liegen die beiden jungen Männer halb unter einer Decke, ganz ohne Hemmungen, erschlafft vom Liebesakt, doch niemand achtet auf sie.

Celine, Paul und Alex drängen zum Ausgang, Louis folgt ihnen langsam und wechselt einen langen Blick mit Raphael, in dem Vertrautheit liegt, den jedoch niemand aus der Clique bemerkt.

Alex, Paul und Celine kommen aus dem HEAVEN & HELL, als würden sie verfolgt, gehen eilig auf den Hudson zu und warten, jeder in seinen Gedanken, vor dem verschlossenen Auto auf Louis.

Louis schließt wortlos die Türen auf und setzt sich ans Steuer.

Celine, Alex und Paul lassen sich erleichtert in die Sitze fallen.

Louis läßt den Motor an und braust los.

Der alte Hudson biegt von der Landstraße ab, fährt nahe ans Seeufer und hält vor einem Bootshaus.

Celine, Paul und Alex steigen aus.

Louis beugt sich aus dem Autofenster.

"Tut mir leid... meine Eltern haben Gäste, und sie wollen, daß ich pünktlich bin..."

Alex beugt sich zu Louis hinunter.

"Ach komm, ein paar Minuten hast du doch noch..."

"Nichts zu machen... wollt ihr das Motorboot?"

Paul kickt einen Stein aus dem Weg.

"Dafür ist es zu spät... wir fahren mit der Bahn zurück..."

Celine stellt sich vor die Motorhaube und sieht Louis drohend durch die Windschutzscheibe an.

"Du bist uns noch eine Erklärung schuldig..."

Louis lächelt zufrieden.

"Ach ja?... und wofür?"

Louis kurbelt das Seitenfenster hoch und fährt rasant weg.

Die drei sehen Louis erbost nach, dann tänzelt Celine, sich um sich selbst drehend, zum Ufer und läßt sich auf einem der Felsen nieder, die sich gut zwanzig Meter ins Wasser erstrecken.

Alex und Paul stehen unschlüssig herum, jagen sich ein bißchen, rempeln sich spielerisch, dann setzen sie sich unweit von Celine ebenfalls auf die Felsen, eine Stelle, die ihnen offensichtlich vertraut ist. Jeder ist mit sich selbst beschäftigt, Möwen fliegen kreischend über ihren Köpfen.

Paul wendet sich an Alex, schielt aber heimlich nach Celine.

"Möchte wissen, was Louis uns dauernd demons-

trieren will... ständig diese Freaks, und heute dieser bizarre Film... woher kennt er diesen Schuppen?"

Celine, die versonnen Wasser zwischen ihren Fingern durchrinnen läßt, fühlt sich angesprochen.

"Woher soll ich das wissen? Frag ihn doch selbst..."

Alex setzt nach.

"Dauernd blättert er in so obskuren Zeitschriften..."

Celine reagiert nicht darauf, trocknet ihre Hände aneinander, steht auf, zündet eine Zigarette an und balanciert über die Felsen zum Ufer zurück.

Die Sonne ist schon tief herabgesunken und verwandelt den See in ein orangefarbenes Flammenmeer.

Alex sieht zu Paul hinüber, der finster an einem Stein herumgeschabt hat und jetzt Celine unauffällig hinterherschaut.

Der alte Hudson fährt durch ein kleines Dorf, biegt in einen Feldweg ab und hält vor einem einsam gelegenen, baufälligen Bauernhaus.

Louis steigt aus, sieht sich prüfend um, als ob er nach einem geheimen Zeichen sucht, daß jemand zu Hause ist, und wirft einen Umschlag in einen freistehenden Briefkasten, wie man sie aus amerikanischen

Filmen kennt, biegt den Pfeil nach oben, um anzuzei gen: Post ist da.

Louis wirkt wie jemand, der sich an einem Ort befindet, den er gut kennt und sehr mag, streckt sich, steigt fast widerwillig wieder ins Auto und fährt zur Hauptstraße zurück.

Alex und Paul und Celine sind fast allein in der BTI-Bahn, sie sehen scheinbar gelangweilt zum Fenster hinaus und mustern sich gegenseitig heimlich, wenn sie glauben, unbeobachtet zu sein.

Die Sonne geht gerade unter, doch noch ist der Himmel hell.

Celine sitzt neben Alex, Paul ihnen gegenüber. Das Stillsitzen verursacht ihnen Unbehagen, und so fangen sie mit Spielchen an.

Alex, der am Fenster sitzt, schiebt Celine langsam, ohne zu ihr hinzusehen, gegen den Gang, bis sie kaum mehr Platz hat zum Sitzen.

Celine steht auf, als hätte sie das ohnein vorgehabt, fläzt sich auf die leere Bank auf der anderen Seite des Ganges und starrt ostentativ zum Fenster hinaus. Paul und Alex grinsen sich unsicher an.

Die letzten Helligkeit läßt die Fassade der Villa von Louis' Eltern noch ein wenig aus den hohen, dunklen Bäume im parkähnlichen Garten hervor-

schimmern, gleichzeitig gehen in einigen Zimmern bereits die Lichter an.

Louis betritt mit Anzug und Krawatte und glatt gekämmten Haaren das große, gediegene Eßzimmer, wo seine Eltern, sein jüngerer Bruder Antoine und seine kleine Schwester Beatrice mit den Gästen, einem etwas gehemmten, älteren Paar, Herrn und Frau Hadorn, bereits beim Abendessen sitzen. Kerzen brennen, gedämpftes Deckenlicht ist eingeschaltet.

Bevor Louis seinen Platz einnimmt, wendet er sich formvollendet an die Gäste.

"Ich bitte vielmals um Entschuldigung... wenn ich mal anfange zu lesen, vergesse ich leider oft die Zeit..."

Eine junge Frau in Zofentracht und mit Häubchen serviert Louis das Essen, unauffällig, aber gierig beäugt von Louis' vitalem Vater, der sich stolz an seine Gäste richtet.

"Louis, mein Ältester... hat eben die Matura bestanden und kann's kaum erwarten, in meine Fuß stapfen zu treten... nur studieren muß er noch..."

Die Gäste nicken höflich, die Mutter sieht Louis besorgt an, während Beatrice bewundernd zu ihm aufsieht und Antoine verächtlich und nach Zustimmung heischend von Louis zu seinem Vater schaut und laut trompetet.

"Louis liest schlimme Bücher, die nur für Erwachsene sind!"

Der Vater sieht Louis' Mutter an, die Antoine rasch mit der Hand zurechtweisend über die Haare wischt.

"Sei still, Antoine, du sprichst nur, wenn du gefragt wirst!"

Louis' Vater wendet sich wieder jovial an die Gäste.

"Wir waren doch alle mal jung... nicht wahr, Frau Hadorn? Herr Hadorn? Und wir haben auch nicht immer auf unsere Eltern gehört..."

Herr Hadorn wirft einen säuerlichen Seitenblick auf seine Frau.

"Das ist wohl wahr... aber später haben wir es dann bereut..."

Louis beobachtet die Szene mit großer, innerer Genugtuung, nickt Herrn Hadorn scheinbar ehrfürchtig zu und antwortet mit falscher Demut.

"Sie sprechen mit der Erfahrung, die mir leider noch fehlt... deshalb möchte ich in aller Bescheidenheit einen Toast aussprechen..."

Louis hebt sein gutgefülltes Weinglas und lächelt unschuldig.

"...auf alle Eltern, die es gut meinen mit ihren Kindern..."

Louis prostet den Gästen und seinen Eltern zu, die es ihm nachmachen, und trinkt sein Glas in einem Zug leer, sieht dabei seinem Vater unverwandt in die Augen, der diese Provokation mit grimmigem Gesichtsausdruck ohnmächtig geschehen lassen muß.

Die junge Bedienung kommt und füllt die Gläser nach, Louis' Vater blickt mit falscher Fröhlichkeit in die Runde.

"So, Schluß jetzt mit den trüben Gedanken, ich schlage vor, wir lassen das Dessert kommen, dann rauchen Herr Hadorn und ich im Salon eine schöne Zigarre und können endlich über Geschäfte reden.. einverstanden, die Damen?"

Frau Hadorn und Louis' Mutter antworten hektisch durcheinander.

"Selbstverständlich..."

"Ich sage Marie Bescheid..."

Der Vater sieht Louis voller Haß und Abscheu an.

Alex' Mutter stellt eine dampfende Schüssel auf den Tisch, der für drei Personen gedeckt ist. Obwohl sie allein ist, wirken ihre Bewegungen gehemmt, als ob sie sich beobachtet fühlte, ihre kastanienfarbenen Haare sind sorgfältig frisiert, der Blick ihrer dunklen Augen wirkt ängstlich und gehetzt. Man hört die Haustür ins Schloß fallen, die Mutter horcht auf, geht rasch hinaus und sieht Alex gerade noch in seinem Zimmer verschwinden.

Das Zimmer von Alex ist karg eingerichtet. In einer Ecke baumelt ein selbstgebasteltes Segelflugzeug an einem Draht von der Decke, an den Wänden hängen große Portraitfotos von John F. Kennedy, Sigmund Freud, James Fenimore Cooper und ein Riesenposter von CLEOPATRA mit Liz Taylor, in den Regalen stapeln sich Bücher, ein Transistorradio steht auf dem Schreibtisch.

Alex wirft seine Jacke in eine Ecke, setzt sich an seinen Schreibtisch, schlägt ein altes Schulheft auf und macht sich Notizen. Aus einem Stapel ähnlicher Hefte ragen maschinengeschriebene Blätter hervor, auf dem Titelblatt steht ONKEL GUSTAV, Drama in einem Akt.

Es klopft an die Tür.

"Alex?"

Die Tür öffnet sich, dann steht seine Mutter im Zimmer. Ihre Stimme klingt besorgt.

"Du kommst spät. Das Essen ist fertig. Was ist denn los?"

Gereizt beugt sich Alex tief über sein Heft.

"Nichts ist los... ich habe keinen Hunger... mein Vater ist ja auch noch nicht zu Hause..."

Alex' Mutter sieht eine Weile hilflos auf den ostentativ über den Schreibtisch gekrümmten Rücken ihres Sohnes. Ihre Stimme klingt leise, verzweifelt.

"Wenn ich bloß wüßte, was du gegen mich hast..."

Alex' Mutter zieht sich geräuschlos zurück.

Alex dreht sich abrupt um und starrt erschrocken auf die geschlossene Tür.

Die Wohnungseinrichtung von Pauls Eltern ist kleinbürgerlicher als bei Louis und Alex, aber solide und gemütlich.

Als Paul das Wohnzimmer betritt, ruht seine Mutter auf dem Sofa, eine Wolldecke über sich ausgebreitet, sein Vater sitzt unbehaglich auf einem Fauteuil daneben, während seine jüngere Schwester Marianne bis auf das unberührte Gedeck von Paul den Tisch abräumt.

Die Stimmung ist gedämpft, der Mutter scheint es nicht so gut zu gehen, doch keiner will sich etwas anmerken lassen.

Paul bleibt unschlüssig stehen.

"Tut mir leid, ist etwas später geworden..."

Unter der Wolldecke versucht sich Pauls Mutter aufzurichten.

"Schön, daß du da bist, ich wollte gerade ins Bett..."

Die Mutter macht Anstalten aufzustehen, Paul ist mit ein paar Schritten bei ihr.

"Komm, ich helf' dir..."

Paul hilft ihr ohne Mühe auf und geleitet sie hinaus.

Vater und Schwester sehen sich gequält an.

Paul läßt seine Mutter sanft auf das große Doppelbett nieder und sieht sie prüfend an. Die gespielte Heiterkeit ist von ihr abgefallen, sie kämpft mit den Tränen.

"Wenn ich doch bald sterben könnte... ich bin für euch nur noch eine Last... dein Vater und deine Schwester nehmen mir zwar vieles ab, aber es ist doch nicht ihre Aufgabe, den Haushalt zu machen.."

Auch Paul kämpft mit den Tränen.

"Sag das nicht, Mutter, sag das bitte nie mehr..."

Paul deckt seine Mutter sorgfältig zu, die sich allmählich wieder beruhigt und Paul sachte am Arm festhält.

"Wann lädst du endlich das Mädchen ein, in das du so verliebt bist?"

Paul starrt seine Mutter verblüfft an.

"Woher weißt du...?"

"Ich weiß mehr von dir, als du denkst..."

Paul küßt seine Mutter flüchtig auf die Stirn, die widerstrebend seinen Arm losläßt, und geht hastig hinaus.

Louis betritt rasch sein Zimmer, seine Wangen sind gerötet vom Wein, er läßt das steife Jackett auf den Boden fallen, lockert Krawatte und Hemd-

kragen, legt eine Platte auf, ähnlich wie im HEA-
VEN & HELL, wirft sich aufs Bett und greift mit ver-
düstertem Gesicht nach einem Band von Allen Gins-
berg.

Es klopft an der Tür, man hört die leise Stimme
von Beatrice.

"Louis, bist du da?"

Die Tür wird vorsichtig geöffnet, gleich darauf
schlüpft Beatrice ins Zimmer und stürzt sich auf ih-
ren großen Bruder.

Louis scheint es gewohnt zu sein, läßt seine
Schwester gewähren.

"Puh, endlich sind sie gegangen... warum laden
unsere Eltern immer so schreckliche Leute ein?"

Louis sieht nicht von seinem Buch auf, obschon er
kaum mehr lesen kann.

"Papa ist Geschäftsmann... er versucht, diesen
Leuten ihr Geld abzunehmen..."

"Das glaubst du doch selber nicht..."

"Aber sicher... sie dürfen es nur nicht merken..."

"Müssen wir deswegen immer so artig sein?"

"Kluges Mädchen... du hast es erfaßt..."

Beatrice reißt Louis den Gedichtband aus der
Hand.

"Was liest du da? Ist das etwas Schmutziges?"

Louis nimmt Beatrice das Büchlein sachte und wortlos wieder ab, die das gar nicht beachtet und stattdessen der Musik lauscht.

"Und was ist das für eine Musik?"

Louis streichelt Beatrice zärtlich und geduldig über die Haare, antwortet aber nicht, öffnet die Schublade seines Nachtkästchens, holt ein schönes Haarband hervor und drückt es Beatrice in die Hand.

"Hier, das ist für dich... und jetzt hör' auf, mir auf die Nerven zu gehen..."

Beatrice betrachtet begeistert das Haarband und gibt Louis einen Kuß.

"Oh, vielen Dank, großer Bruder!"

Beatrice rennt mit dem Haarband zufrieden aus dem Zimmer.

Celine geht zögernd auf das Haus zu, in dem sie mit ihren Eltern wohnt. Ein schmutziger alter Simca parkt davor, das trübe Licht der Straßenlaternen läßt ihn noch klappriger erscheinen.

Markus, ihr älterer Bruder, kräftig und dunkelhaarig, mit unstetem Blick, steigt aus und sieht ihr finster entgegen.

"Da bist du ja endlich..."

"Laß mich zufrieden..."

Celine will an Markus vorbei, doch er hält sie fest.

"Hast du gar kein Gefühl? Du amüsierst dich die ganze Zeit mit deiner Clique, und ich frier' mir hier draußen den Arsch ab..."

"Dann ruf an, wenn du mich sehen willst..."

Celine reißt sich angewidert los und geht auf die Haustür zu.

Markus geht ihr nach.

"Jetzt bleib halt stehen und hör' mir wenigstens zu!"

Celine bleibt abgewandt stehen.

"Also gut, was willst du?"

"Ich hab' dir doch von Reto erzählt..."

"Nicht, daß ich wüßte..."

"...er handelt mit gebrauchten Amischlitten, ein bombensicheres Geschäft..."

"Schön für ihn..."

"Wenn ich mit zehntausend einsteige, sind wir Partner... kannst du nicht bei den Alten auf ' gut Wetter' machen? Du kriegst 'ne fette Provision..."

Celine dreht sich aufgebracht zu ihrem Bruder um.

"So, wie bei den Farbfernsehern? Da ging die Hälfte meiner Ersparnisse drauf!"

"Die hatten mich reingelegt, das weißt du genau..."

"...und genau das wird dir wieder passieren! Lernst du denn nie dazu?"

Celine geht einen Schritt auf ihren Bruder zu und sieht ihn eindringlich an.

"Hör zu, Markus, du bist mein Bruder, aber laß mich bitte mit deinen krummen Geschäften in Ruhe..."

Celine und Markus starren sich unversöhnlich an, auf seinem Gesicht erscheint ein bitterer Zug.

"Du glaubst, du bist was Besseres, weil du jetzt studieren darfst, dabei hast du keine Ahnung vom Leben und nichts als Scheiße im Kopf..."

Markus wendet sich abrupt ab, geht ein paar Schritte und dreht sich nochmal um.

"Komm ja nicht zu mir, wenn du mal Hilfe brauchst!"

Markus setzt sich ans Steuer, legt krachend den ersten Gang ein und fährt weg.

Celine schlüpft rasch ins Haus, betritt leise die Wohnung, hört im Wohnzimmer ihre Eltern erregt aufeinander einreden und eilt hastig in ihr Zimmer.

Celine schließt die Tür hinter sich, wirft sich auf ihr Bett, steckt die Hände in die Jackentaschen, spürt den Zettel, den Louis ihr zugesteckt hatte, holt *ihn heraus, entfaltet ihn und liest angespannt: <Morgen 12 Uhr beim Leuchtturm>.*

Celine dreht den Zettel um, dort steht die Seitenzahl einer Passage aus dem Roman <On the Road> von Jack Kerouac.

Celine greift hastig nach dem Roman und schlägt die Seite auf:

<Er beugte sich übers Lenkrad und gab Gas; er war wieder in seinem Element, jeder konnte es sehen. Wir waren alle froh: wir wußten, daß wir Chaos und Wahnsinn hinter uns ließen und unsere einzige noble Aufgabe in der Zeit erfüllten – wir waren in Bewegung. Und ob wir uns bewegten! Wir flogen an den geheimnisvollen weißen Schildern in der Nacht vorbei, irgendwo in New Jersey, die (mit einem Pfeil) nach SÜDEN und (mit einem Pfeil) nach WESTEN zeigten, und wir schlugen die südliche Richtung ein. New Orleans! Es loderte in unseren Köpfen...>

Celine schlägt das Buch zu und läßt es langsam sinken.

Der Mond scheint in Alex' Zimmer, er träumt unruhig.

Alex ist auf einem zugefrorenen Weiher in einer menschenleeren Juralandschaft. Der Weiher ist etwa fünfzig Meter im Durchmesser, eingefaßt von Schilf, Gestrüpp und lichtem Baumbestand. Der Schnee steht hoch, der Weiher ist massiv zugefroren. Am Rand des Weihers haben Louis und Alex in einem Abstand von etwa anderthalb Metern zwei Schneekugeln aufgestellt, die als Torbegrenzung dienen, sie spielen Eishockey gegeneinander. Immer abwechselnd greift einer an, der andere muß *verteidigen, verbissen kämpfen sie um die Vorherrschaft. Am Ufer hat es sich Celine bequem gemacht, eingehüllt in dicke Decken. Paul kommt gerade vom alten Hudson und bringt eine Thermoskanne mit Tee. Gemeinsam verfolgen sie das Treiben und müssen beide über die Besessenheit lächeln, mit der sich Alex und Louis duellieren, die die Welt um sich herum völlig vergessen haben. Der Kampf wird immer härter, Alex atmet keuchend, er fährt gerade eine Attacke, will Louis umkurven, doch der Bogen ist zu eng, er rutscht aus, schlittert ans Ufer des Weihers und wird unter dem hohen Schnee begraben.*

Der Mond ist weitergewandert, das Zimmer liegt jetzt fast völlig im Dunklen. Man hört Alex' schweres, mühsames, asthmatisches Atmen, sein schweißnasses Gesicht taucht im Lichtkegel der Nachttischlampe auf, die jetzt eingeschaltet ist.

Sein Vater zieht gerade eine Spritze aus Alex' Hüfte.

Alex' Mutter, die sich einen Morgenrock übergeworfen hat, starrt besorgt auf ihren Sohn.

Der Vater spricht beruhigend auf Alex ein.

"So, das war's. Du kennst das ja. Gleich wirst du wunderbar schlafen..."

Alex' Vater greift nach seiner Arzttasche und geht leise hinaus.

Die Mutter setzt sich aufs Bett und wischt Alex sachte den Schweiß von der Stirn.

Alex versucht sich aufzurichten, in seiner Stimme schwingt Verzweiflung mit.

"Hört das denn nie auf..."

"Das wird schon... versuch' jetzt zu schlafen..."

Alex' Mutter wartet, bis sich sein Atem beruhigt hat und Alex wieder eingeschlafen ist.

Alex fährt mit seinem Notarztwagen mit Blaulicht, ohne Sirene, durch die Stadt. Es ist schon spät am Abend, der Himmel verfärbt sich blutrot. Im Pasquart, wie immer vom Berufsverkehr verstopft, machen ihm die Fahrzeuge widerstrebend Platz. Er schaltet sein Funkgerät ein und wählt eine Nummer.

"Paul? Ich bin's, Alex..."

"Bist du wieder mit Blaulicht unterwegs?"

Alex sieht um sich, registriert die bläulichen Lichtreflexe auf Mauern und Blättern der Alleebäume und grinst selbstgefällig.

"So, wie du Schach spielst, bist du ganz klar ein Notfall... stell das Brett auf, ich bin gleich da..."

"Mach dich auf etwas gefaßt..."

Alex grinst wieder, unterbricht die Verbindung und biegt erwartungsfroh in eine etwas weniger dicht besiedelte Wohngegend ein.

Alex parkt seinen Notarztwagen vor einem Bungalow, der sich stark von den Nachbarhäusern unterscheidet, weniger in der Größe als in der Form. Er ist weiß, zweistöckig und hat durchgehend abgerundete Ecken und Kanten, die Fenster sind großflächig, teilweise bodentief, manche kreisrund. Auch wenn die

Architektur beinahe futuristisch wirkt, paßt sie doch gut in die Umgebung.

Alex klingelt, Paul öffnet sofort.

Alex boxt ihn gegen die Schulter und tritt an Paul vorbei ein.

"Du siehst blaß aus... Angst vor dem Spiel?"

"Das hättest du wohl gern..."

Paul schließt die Tür und folgt Alex ins Haus. Alle Wände sind weiß gestrichen, in den Wohnräumen ist heller, massiver Holzfußboden verlegt, darauf abgestimmt viele helle Holzmöbel, Küche und Bad sind weiß gefliest. Durch die großen Fenster und verglasten Verandatüren strömt viel Licht in das Haus, das durch das viele Holz hell und freundlich erscheint.

Paul hat Alex eingeholt und geht ihm voraus ins Wohnzimmer, vorbei an seinem geräumigen Arbeitszimmer, dessen Einrichtung verrät, daß Paul Architekt ist.

Auf einem Stelltisch vor zwei bequemen Sesseln steht das Schachbrett, daneben eine Kanne Kaffee, eine Flasche Cognac, ein Tablett mit Canapés und ein Glas Cornichons.

Alex und Paul steuern auf ihre gewohnten Plätze zu.

Alex setzt sich, nimmt einen weißen und einen schwarzen Bauern vom Schachbrett, tauscht die Figuren hinter seinem Rücken und hält Paul die Fäuste hin.

Paul ist nicht recht bei der Sache, will sich aber nichts anmerken lassen.

Alex bemerkt sein Zögern.

"Wir müssen nicht spielen, wenn du nicht willst..."

"Nein, nein, schon gut..."

Paul wählt Weiß, dreht das Schachbrett mit den weißen Figuren energisch zu sich herum, beginnt die Partie stumm und konzentriert, ein eingeübtes Ritual.

Alex beobachtet Paul unauffällig, achtet kaum auf seine Züge, reagiert vorerst nur auf die Eröffnung, die Paul gewählt hat.

"Geht sie diesmal hin?"

Paul hat gerade einen Springer vom Brett hochgehoben und verharrt in seiner Bewegung.

"Wer geht wohin?"

"Ach, tu doch nicht so... du weißt genau, was ich meine... dreißig Jahre Matur..."

Paul schlägt mit seinem Springer einen Läufer von Alex.

"Weiß ich nicht..."

"Ich denke, ihr seht euch regelmäßig..."

"Ja, wir gehen zusammen essen, manchmal ins Konzert..."

"Und?"

"Es ist grausam... sie ist wie versteinert... sie trifft sich nur mit mir, weil sie weiß, wie sehr ich mir Sorgen um sie mache..."

Alex bietet Paul mit einem seiner Springer Schach, bedroht gleichzeitig einen Turm.

"Schach!"

Paul bringt seinen König in Sicherheit und verliert sogleich den Turm.

"So ein Mist! Reden wir, oder spielen wir Schach?"

"Es liegt ganz bei dir..."

"Also reden wir..."

Alex gießt ihnen beiden Kaffee ein, legt sich ein paar Canapés und Cornichons auf einen Teller und lehnt sich zurück.

"Unvorstellbar, daß ein Toter immer noch eine solche Macht besitzt..."

"Louis war ein Magier, ich glaube, keiner von uns weiß, wie er wirklich war..."

"Wie kommst du darauf?"

"Er spielte doch dauernd Spielchen, ließ sich immer was Neues einfallen... als wollte er von sich ablenken... so kommt es mir heute vor..."

Alex kaut nachdenklich auf einem Canapé.

"Celine war wie hypnotisiert..."

Paul nickt heftig und gießt sich einen Cognac ein.

"Genau! Und das ist sie immer noch... ich erinnere mich, als ob es gestern gewesen wäre, wie plump und unbeholfen ich mich neben ihm fühlte, wenn wir alle zusammen waren..."

"Aber am Ende hat sie *dich* geheiratet!"

Paul kippt den Cognac in einem einzigen Zug hinunter.

"Aber doch nur, weil Louis so plötzlich gestorben war und sie schwanger war mit Max..."

Alex greift nach einem Canapé mit Schimmelkäse, entscheidet sich dann doch für Lachs.

"Wann ist sie nochmal ausgezogen?"

"Vor drei Jahren, als Anna mit ihrem Studium anfing..."

Alex schenkt sich einen Cognac ein, dreht das Glas zwischen den Fingern und sieht sinnend zu Paul hinüber.

Paul setzt seinen Schwenker heftig ab.

"Schau mich nicht so an! Ich würde alles wieder genauso machen, und irgendwann kommt sie wieder zu mir zurück!"

II

Es ist noch früh am Tag. Die Tür zum Bauernhaus geht auf, und Louis tritt heraus, reckt und streckt sich in der milden Morgensonne.

Hinter ihm erscheint Raphael, der im HEAVEN & HELL den Filmprojektor und den Plattenspieler bediente, in einem schmuddeligen, offenen Morgenmantel, der seinen nackten, behaarten Oberkörper sehen läßt, gähnt, blinzelt in die Sonne, faßt Louis lässig am Arm und drückt ihm einen Kuß auf den Mund.

Louis löst sich wortlos von ihm und geht zu seinem Auto, Raphael sieht ihm träge nach und verschwindet wieder im Haus.

Louis steigt in den alten Hudson, der hinter dem Bauernhaus parkt, und fährt gemächlich los.

Aus dem Dunkel des Waldes taucht Paul auf, er joggt in einer blauen Turnhose mit weißen Seitenstreifen und mit nacktem Oberkörper. Er läuft in Richtung Waldrand, der sich etwa zweihundert Meter weiter vorne als heller Fleck abzeichnet. Pauls Atem geht ruhig und regelmäßig, seinem Gesichtsausdruck nach könnte er ewig so weiter laufen.

Es ist immer noch früh am Tag, weit und breit ist kein Mensch zu sehen. Der alte Hudson steht neben *dem Weg, der zu einer Brücke führt. Die hintere Tür ist weit geöffnet, Louis liegt halb, halb sitzt er auf der Rückbank, die Beine hängen zur offenen Tür hinaus, er liest in einem Gedichtband von Allen Ginsberg, <Howl>, und schreibt dann konzentriert ein paar Zeilen in ein Notizbuch.*

Louis schließt das Notizbuch, steigt aus, geht zu der alten Brücke, die über ein schmales Flüßchen führt, springt auf das Holzgeländer und balanciert stoisch bis fast zur Mitte der Brücke. Mehr als einmal kämpft er heftig mit dem Gleichgewicht. Die Brücke ist nicht sehr hoch, der Fluß führt wenig Wasser, doch große, scharfkantige Steinbrocken ragen heraus. Es sieht aus wie ein Ritual, eine Art russisches Roulette. Louis schwankt ein letztes Mal, springt vom Geländer und geht rasch zum Auto zurück.

Die Morgensonne scheint in Celines Zimmer, sie ist noch im Nachthemd und hält eine brennende Zigarette in der Hand, in der anderen ein Foto. Sie sieht zum Fenster hinaus und weicht fast schreckhaft zurück, als Paul am Haus vorbei joggt und nach oben schaut, als wollte sie nicht gesehen werden. Sie wendet sich vom Fenster ab, setzt sich aufs Bett und betrachtet nachdenklich das Foto ihrer Maturklasse, das sie in der Hand hält, dann brennt sie dort, wo sich ihr Kopf befindet, mit der Zigarette ein kleines Loch hinein.

Der alte Hudson hält vor dem Bungalow von Alex' Eltern, Louis steigt aus, geht auf die Haustür zu und klingelt.

Alex' Mutter macht auf.

"Guten Morgen... ist Alex da?"

"Morgen Louis... ja, aber es geht ihm nicht so gut... komm rein..."

Alex liegt noch im Bett, er sieht bleich und erschöpft aus. Als er die Stimmen von Louis und seiner Mutter hört, versteckt er das Magazin, in dem er geblättert hat, rasch unter der Bettdecke, schaltet das Transistorradio mit der Nachrichtensendung aus und setzt sich auf. Er geniert sich, daß Louis ihn so sieht.

Louis muß den kleinen Schock, daß Alex krank im Bett liegt, auch erst verdauen.

"Na sowas! Der Draufgänger Neal Cassady liegt krank im Bett? Wir wollten doch nach Mexiko..."

"Ich bin nicht krank... mir war nur ein bißchen schlecht..."

Louis legt Alex ein kleines, selbstgebasteltes Heftchen mit seinen Gedichten auf die Bettdecke.

"Hier, meine neusten Ergüsse... wenn du nicht bald aufstehst, kriegst du noch mehr davon..."

Alex wehrt theatralisch ab.

"Oh nein, bitte, nicht... vielleicht ist mir ja von der Lektüre übel geworden..."

Louis grinst überlegen.

"Dich hat wohl eher die Interpretation meiner Dichtkunst überanstrengt..."

Louis deutet mit dem Zeigefinger einen Gruß an und verläßt leichtfüßig das Zimmer, dreht sich an der Tür nochmal um.

"Man sieht sich..."

Alex blättert durch das Heftchen, legt es in die Nachttischschublade, wo schon andere liegen, und zieht das Magazin wieder unter der Bettdecke hervor. Es ist ein Playboy, aufgeschlagen auf der Seite mit dem üppigen Playmate des Monats.

Celine geht dem See entlang zum Hafen, aus der Ferne erkennt man die beiden Leuchttürme. Einen davon umkreist rastlos eine menschliche Gestalt. Celine beschleunigt ihre Schritte.

Es ist Louis, der sich jetzt gegen den Leuchtturm lehnt und auf den See hinausschaut, während Celine sich nähert. Als er ihre Schritte hört, dreht er sich abrupt zu ihr um.

"Wer sind Sie, und was wollen Sie hier? Ich bin verabredet!"

Celine bleibt stehen und lächelt müde, Louis bereut bereits seinen dummen Spruch.

"Ich weiß, du magst solche Scherze nicht... verzeih'..."

Celine wendet sich ab und geht um den Leucht-turm herum.

Louis folgt ihr und legt von hinten seine Arme um sie.

"Was für eine Kraft du ausstrahlst... es überwältigt mich immer wieder von neuem... es ist diese vegetative, alles umschlingende Kraft der Frauen, das ewige, weibliche Mysterium..."

Celine dreht sich in der Umklammerung um, löst Louis' Griff von ihren Armen und faßt ihn an beiden Händen.

"Um mir solchen Unsinn zu sagen, hast du mich hierher bestellt?"

In Louis' Miene ist plötzlich nichts mehr zu sehen von seiner üblichen Arroganz.

"Nein, weil ich auch ein Leuchtturm sein möchte, um den Menschen den Weg zu erleuchten..."

"Ich wünschte, du würdest normal mit mir reden und nicht ständig wie die Figuren aus <On the Road>..."

Louis löst sich von Celine und tritt überrascht einen Schritt zurück.

"Du liest <On the Road>?"

"Naiver, männlicher Eskapismus... ich begreife nicht, was dich an diesen Typen so begeistert..."

Louis ist plötzlich voller Emphase.

"Sie wollen frei sein, sie scheren sich einen Dreck um Konventionen!"

"Indem sie saufen, Autos klauen und hinter jedem Rock her sind?"

In Louis arbeitet es, er starrt Celine aufgebracht an, dann wendet er sich ab.

"Du verstehst das nicht! Die sind doch wie wir! Statt zu allem Ja und Amen sagen oder wie Ödipus ihre Väter umzubringen, hauen sie einfach ab..."

Louis lehnt sich neben Celine an den Leuchtturm, ihre Schultern berühren sich. Es dauert eine Weile, bis er wieder sprechen kann.

"Wie hältst du denn das Leben aus? Du kommst doch auch mit deinen Eltern nicht klar..."

"Na ja... Sie streiten, sie schimpfen ständig mit mir, und sie haben keine Ahnung, wer ich bin... ich habe längst aufgegeben, gegen Windmühlen zu kämpfen... aber du, du machst doch immer nur das, was du willst..."

"Ach was... Im Grunde bin ich auch nur ein Zirkuspferd, das man an der langen Leine durch die Manege führt... aber wir lassen uns nicht unterkriegen... wir machen alles anders... und besser..."

Celine lacht still in sich hinein.

"Lach' nicht... Ich meine es bitterernst..."

Louis stößt sich mit dem Rücken vom Leuchtturm ab, stellt sich vor Celine, packt ihren Kopf, drückt ihr einen heftigen Kuß auf die Stirn und faßt sie an der Hand. Er ist wieder ganz der charmante Entertainer.

"Komm, wir rufen die anderen an und fahren ein bißchen über den See..."

Alex, nur mit einer alten Badehose bekleidet, zieht sich draußen unter dem Balkon keuchend an der Wäschestange hoch, immer und immer wieder, sein hagerer Körper mit den langen Gliedmaßen glänzt vor Schweiß. Es sind mehr als nur Klimmzüge, es ist, als versuchte er, den nächtlichen Alptraum vergessen zu machen, die grausame, immer wiederkehrende Atemnot.

Von oben aus der Wohnung hört man das Telefon klingeln, dann verstummt es, die Tür zum Balkon öffnet sich, und Alex' Mutter ruft laut nach unten.

"Alex! Louis ist am Telefon!"

Alex, wie ertappt, läßt die Wäschestange los und versucht sein Keuchen zu unterdrücken.

"Ich kann jetzt nicht! Ich rufe zurück!"

Louis, Celine, Alex und Paul besteigen im Bootshaus von Alex' Eltern die Motoryacht. Sie hat eine große Kajüte, und vor dem Eingang, bevor sie sich zum Bug verjüngt, finden vier Personen bequem Platz.

Louis startet den Motor, und das Boot gleitet langsam auf den See hinaus.

Louis bleibt am Steuer, Celine, Alex und Paul flegeln sich draußen auf die Bänke, jeder mit sich selbst beschäftigt.

Es ist ein schöner, melancholischer Spätsommertag, die Sonne steht schon tief im Westen.

Plötzlich steht Paul auf, zieht sich bis auf die Unterhose aus und springt entschlossen ins Wasser.

Celine und Alex stehen auf, beugen sich über die Reling und sehen ihm ruhig zu, Louis legt das Boot, das sich ohnehin kaum vorwärts bewegt, in eine leichte Kurve, sodaß Paul, ohne die Richtung ändern zu müssen, mehr oder weniger darauf zu schwimmt.

Paul stemmt sich mühelos an Bord, packt seine Kleider und verschwindet in der Kajüte.

Louis gibt jetzt etwas mehr Gas, das Boot bäumt sich auf und hält auf die Mitte des Sees zu.

Alex und Paul warten vor dem Kino Rex ungeduldig auf Celine, die mit einem Eis in der Hand gemächlich um die Ecke schlendert.

Alex verdreht die Augen.

"Das macht sie immer, wenn wir's eilig haben..."

Paul stößt Alex in die Seite, ohne Celine aus den Augen zu lassen.

"Dann sag's ihr doch mal..."

Celine erreicht den Eingang des Kinos, Paul sieht Alex erwartungsvoll an, doch Alex lächelt Celine nur verlegen entgegen.

Celine entgeht die kleine Spannung nicht.

"Was ist? Redet ihr über mich?"

Zum Ärger von Alex stößt Paul ihn mit dem Ellbogen an.

"Na los... sag's ihr!"

"Ich habe gewettet, daß du pünktlich bist..."

Celine blickt zweifelnd von Alex zu Paul.

"Stimmt das?"

"Ich habe auch gewettet, daß du ausnahmsweise mal pünktlich bist..."

Celine schüttelt ungehalten den Kopf und sieht sich um.

"Wo ist Louis?"

Paul hebt die Schultern.

"Er wartet beim Ungar auf uns..."

Alex grinst gehässig.

"Er findet <Eclisse> ein bürgerlich-dekadentes Trauerspiel..."

Celine schiebt Alex und Paul vor sich her zum Kino-Eingang.

"Los, kommt jetzt, der Film fängt gleich an..."

Das Kino ist halbleer, Celine, Alex und Paul sitzen nebeneinander, Celine in der Mitte, sie wirken wie in Trance, alle ihre Sinne sind in voller Konzentration auf den Film gerichtet.

Alex schiebt sich ein wenig gegen Celine, bis sich ihre Schultern berühren, Celine reagiert nicht darauf, rückt aber auch nicht weg. An einer bestimmten Stelle des Films, wo es um die Unmöglichkeit der Liebe geht, schließt Alex gequält die Augen, sieht dann rasch um sich, ob er beobachtet wurde. Das Licht geht an, und die drei verlassen wortlos den Kinosaal.

Celine, Alex und Paul biegen in die Altstadt ein, sie sind in Gedanken immer noch bei dem Film, den sie eben gesehen haben.

Am Engelsbrunnen sitzt ein junge Mann auf einem Velosex, der Motor läuft, er schaukelt vor und zurück, den linken Fuß auf dem Boden, den rechten auf dem Pedal, er scheint unschlüssig, was er machen soll.

Celine rennt plötzlich los und auf ihn zu.

"Darf ich mal ein paar Runden drehen?"

Der junge Mann ist so verblüfft, daß er ohne nachzudenken vom Sattel rutscht.

"Klar..."

Celine setzt sich auf das Velosolex, man merkt, daß sie nicht viel Übung hat, und versucht, Paul und Alex umzufahren, die theatralisch zur Seite springen. Nach einer Weile gibt sie das Velosolex dem jungen Mann zurück, dem im nachhinein nicht ganz geheuer ist, auf was er sich da eingelassen hat, er fährt rasch davon.

Ohne sich umzusehen, rennt Celine gleich weiter zu dem ungarischen Restaurant um die Ecke. Alex und Paul sehen sich an und schütteln überlegen die Köpfe, doch insgeheim sind sie beeindruckt von Celines kühnen, unberechenbaren Launen.

Beim Ungar herrscht wie immer Hochbetrieb, sämtliche Tische sind besetzt. Das Restaurant ist einfach eingerichtet und wird nur von jungen Leuten besucht. Dauernd kommen neue Gäste, drängeln suchend durchs Lokal, ziehen enttäuscht wieder ab oder zwängen sich zwischen Freunde und Bekannte an die vollbesetzten Tische. Vilma, die Tochter des Wirts, macht Polaroids von den Gästen, die die Fotos begeistert herum reichen.

Eingebettet in das laute Durcheinander sitzen Celine, Alex und Paul beim Essen und unterhalten sich, als Louis im Eingang erscheint. Er macht dem Wirt ein Zeichen und setzt sich zu den dreien auf den Stuhl, den sie ihm freigehalten haben und mehr als einmal gegen zudringliche Gäste verteidigen mußten. Der Wirt bringt einen Teller mit Gulasch und ein Weinglas und schenkt ihm ein. Louis nickt ihm zu, erhebt das Weinglas in die Runde und nimmt einen kräftigen Schluck.

"Habe ich etwas verpaßt?"

Celine läßt Gabel und Messer sinken.

"Wir reden gerade über <Eclisse>..."

Alex schluckt hastig einen Bissen hinunter.

"...ob es die Liebe überhaupt gibt... Alain Delon interessiert sich doch nur für schnelle Autos und seine Geschäfte... von Frauen hat er keine Ahnung..."

Celine sieht Alex überrascht an.

"Und Monica Vitti?"

"Na ja, sie scheint sensibler, aber im Grunde ist sie auch nur selbstverliebt und kreist um sich selbst... in diesem Film ist alles so hoffnungslos..."

Celine läßt das nicht gelten.

"Aber sie spürt, daß etwas nicht in Ordnung ist..."

Paul hat schon mehrmals zum Reden angesetzt, jetzt meldet er sich endlich zu Wort.

"...und sie würde sich ändern, wenn ein Mann sie wirklich liebte..."

Celine streift Paul mit einem erstaunten Seitenblick, auch Louis sieht ihn verwundert an.

"Sieh an... da enttarnt sich einer als hoffnungsloser Romantiker..."

Celine nimmt Paul sofort in Schutz.

"Das ist wieder typisch Louis... kaum redet einer über Gefühle, übergießt er ihn mit der ätzenden Säure seines Sarkasmus'..."

Louis nimmt wieder einen tiefen Schluck aus seinem Weinglas, sein Essen hat er noch nicht angerührt.

"Gefühle? Daß ich nicht lache... Was unterscheidet uns Menschen denn von anderen Lebewesen? Unser verzweifeltes Streben nach individuellem Glück... Und warum? Weil wir über die verhängnisvolle Befähigung zur Selbstreflexion verfügen und nicht ertragen, daß wir sterblich sind... dabei ist der Natur das einzelne Wesen völlig egal, sie will einzig und allein, daß sich die Gattung fortpflanzt, deshalb hat sie das Begehren erfunden, das Mann und Frau zusammentreibt..."

Paul, Celine und Alex starren Louis erschrocken an.

Paul reagiert zuerst.

"Aber... wir sind doch keine Tiere mehr..."

Louis lächelt sardonisch.

"Bedauerlicherweise... denn das bißchen, was wir an Verstand dazugewonnen haben, macht den Verlust unserer Instinkte nicht wett... hat schon Schopenhauer erkannt..."

Paul gibt nicht auf.

"Du glaubst also nicht, daß es mehr gibt als nur sexuelles Verlangen...?"

Celine unterstützt ihn hitzig.

"...und es ist eine Illusion, daß sich zwei Men-schen lieben, weil sie ähnlich denken und empfin-den? Daß sie sich deshalb zueinander hingezogen fühlen?"

Celine, Paul und Alex hängen gebannt an Louis' Lippen. Als er zu einer Erklärung ansetzt, tritt der Wirt an den Tisch, ein kräftiger, vitaler Mann um die vierzig, und stellt eine entkorkte Flasche Rotwein vor sie hin.

"<Stierenblut>! Auf Kosten des Hauses! Ich möchte euch vier einmal lachen sehen!"

Louis sitzt am Steuer, der Hudson schleicht durch das nächtliche Biel. Alex sitzt neben ihm, Paul und Celine sind hinten. Sie stehen alle noch unter dem Einfluß der Diskussion im Restaurant, man spürt eine starke Spannung.

Paul beugt sich plötzlich vor und faßt Louis an die Schulter.

"Laß mich bitte raus..."

"Aber du wohnst doch gar nicht hier..."

"Egal... ich brauche ein bißchen Bewegung..."

Louis hält an.

"Dann also morgen abend im <Rex>?"

Paul nickt, drückt Celine zum Abschied leicht den

Arm, steigt widerstrebend aus und verschwindet im Dunkeln.

Louis fährt mit düsterer Miene weiter, keiner sagt ein Wort.

Alex fängt an, sich unbehaglich zu fühlen und beugt sich zu Louis hinüber.

"Ich steige auch aus..."

Louis sieht Alex irritiert an und wechselt mit Celine einen Blick über den Rückspiegel.

"Sonst noch jemand, der frische Luft braucht?"

Louis hält, und Alex steigt rasch aus, Celine bleibt hinten sitzen.

Alex streckt nochmal den Kopf durch das offene Fenster der Beifahrertür.

"Ist nicht persönlich, bin nur etwas durcheinander..."

Louis und Celine nicken, ohne Alex anzuschauen, dann fährt Louis weiter.

Der Hudson kommt vor dem Haus, in dem Celine wohnt, zum Stehen.

Louis, der müde aussieht, und Celine, die angespannt wirkt, sehen sich über den Rückspiegel forschend an, jeder hofft, daß der andere endlich das kryptische Spiel, das zwischen ihnen läuft, beendet.

Abrupt steigt Louis aus, öffnet Celine hinten die Tür und fordert sie mit übertrieben untertäniger

Geste zum Aussteigen auf.

Celine folgt der Aufforderung und bleibt dicht vor Louis stehen. Eine Umarmung, ein Kuß liegt in der Luft, doch Celine bricht die Spannung mit einer Frage.

"Müssen wir uns immer so affig streiten? Das ist zermürbend..."

"Wir streiten doch gar nicht... wir versuchen doch alle nur, einen Halt zu finden... eine Wahrheit... irgendwas..."

"Am Leuchtturm wolltest du mir etwas sagen... was ist es, das dich immer verstummen läßt?"

Louis sieht Celine erschrocken an und läßt dann kraftlos die Schultern fallen.

"Gar nichts... es kotzt mich nur alles entsetzlich an..."

Louis steckt Celine, diesmal ganz offen, einen Zettel in die Jackentasche.

Celine stellt sich auf die Zehenspitzen, küßt Louis flüchtig auf den Mund und geht rasch auf die Haustür zu.

Louis sieht ihr reglos nach und wartet, bis sie im Haus verschwunden ist.

Paul schlüpft leise in die Wohnung und verharrt kurz vor dem Schlafzimmer seiner Eltern, dessen Tür halb offensteht und in dem ein schwaches Licht brennt. Man hört leises, mühsames, aber regelmäßiges Atmen.

Paul betritt sein Zimmer, das klein und karg eingerichtet ist, an den Wänden hängen Poster berühmter Bauwerke, darunter der Mailänder Dom. Paul stellt sich vor die Fotografie und fährt mit dem Finger behutsam einem der Türme nach.

Auch Alex schleicht sich lautlos in sein dunkles Zimmer, das schwach vom Mondlicht erhellt wird, und setzt sich aufs Bett. Ein heftiges Schluchzen erschüttert ihn plötzlich, das er, die Hände vor das Gesicht gepreßt, zu ersticken versucht.

Die Tür öffnet sich, und die Mutter von Alex kommt herein. Sie setzt sich aufs Bett und legt sachte eine Hand auf Alex' Schulter, doch Alex wendet sich ab, legt sich bäuchlings aufs Bett und erstickt sein Schluchzen im Kopfkissen.

Celine betritt im Nachthemd geräuschlos ihr Zimmer und holt aus ihrer Jackentasche den Zettel hervor, den ihr Louis zugesteckt hat. Darauf steht <On the Road> und eine Seitenzahl.

Celine geht ins Bett, greift nach dem Buch und will die angegebene Seite aufschlagen, doch diese Seite gibt es nicht, die Seitenzahl, die Louis aufgeschrieben hat, liegt höher als die letzte Seite des Buches.

Wütend und enttäuscht wirft Celine das Buch auf den Boden.

Der alte Hudson mit Louis am Steuer biegt vom Feldweg ab und parkt so hinter dem Bauernhaus, daß man ihn von der Landstraße aus nicht sehen kann.

Louis hupt zweimal kurz und einmal lang. Die Eingangstür öffnet sich, eine Gestalt schaut heraus, sieht den Hudson, läßt die Tür offen und verschwindet wieder im Haus. Es ist Raphael aus dem HEAVEN & HELL. Louis steigt aus dem Hudson, geht auf das Haus zu, tritt ein und macht die Tür hinter sich zu.

Raphael, im abgetragenen Bademantel, hat auf Louis gewartet und geht ihm in ein riesiges Atelier voraus, das gleichzeitig auch als Schlafzimmer dient. Überall stehen Skulpturen von unterschiedlicher Größe und aus verschiedenen Materialien herum, auf einer Staffelei ist eine Leinwand aufgespannt mit einer unfertigen Skizze zu einem neuen Werk.

Am Arbeitstisch, der nur vom Schein einer einzelnen Lampe beleuchtet wird, dreht sich Raphael um und sieht Louis lächelnd entgegen. Er hält einen heruntergebrannten Joint zwischen Daumen und Zeigefinger.

Louis bleibt auf der Schwelle stehen und sieht Raphael fragend an.

"Ist es soweit?"

"Es ist soweit..."

Louis durchquert das Atelier und tritt zögernd an den Tisch. Raphael reicht Louis den Joint, Louis nimmt ganz selbstverständlich einen tiefen Zug und gibt ihn Raphael zurück. Auf dem Tisch liegen zwei Schweizer Pässe, Raphael nimmt einen davon in die Hand und überreicht ihn feierlich Louis.

"Hier, das ist deiner..."

Der Paß mit dem Bild von Louis trägt einen ganz anderen Namen, Léon Keller.

"Wird mir schwerfallen, dich in Zukunft mit Léon anzusprechen..."

Louis greift nach dem Paß von Raphael und muß lachen, als er unter dessen Bild den Namen Robert Manta liest.

"Robert Manta... klingt auch nicht gerade nach Raphael Motta..."

Louis sieht sich die Pässe genau an, wiegt sie zweifelnd in den Händen.

"Glaubst du, sie sehen echt genug aus?"

"Als Bildhauer bin ich vielleicht nur mittelmäßig, aber als Fälscher erste Klasse..."

Raphael nimmt Louis die Pässe aus den Händen, legt sie auf den Tisch zurück und wendet sich eindringlich an Louis.

"Jetzt müssen wir es nur noch wagen..."

Louis sieht Raphael bewundernd an, alle Span-
nung fällt von ihm ab.

"Du bist ganz schön abgebrüht, also wirklich..."

Louis geht auf Raphael zu und umarmt ihn heftig.
Aus der Umarmung werden Küsse, die beiden lassen
sich erregt auf das Bett fallen.

Celine eilt durch die Gänge des Gymnasiums zu
ihrem Italienisch-Unterricht in der Prima. Sie steckt
in einem ihrer vielen, klassischen Kostüme, die sie in
der Schule zu jeder Jahreszeit trägt. Ihr ist bewußt,
daß sie damit strenger und verschlossener wirkt, als
sie eigentlich ist, aber es ist ihr ganz recht, wenn die
Schüler etwas Distanz zu ihr halten.

Celine hält ihre Schultasche eng an den Körper
gepreßt, und plötzlich wird ihr siedendheiß bei dem
Gedanken an die nächste Stunde: Warum in aller
Welt mußte sie ausgerechnet die Novelle <Romeo e
Giulietta, la sfortunata morte di due infelicissimi
amanti> von Matteo Bandello zur Lektüre aufgeben
im Vergleich zu Shakespeares Bühnenstück, dem es
als Vorlage gedient hatte? Würden ihr nicht alle
Schülerinnen und Schüler vom Gesicht ablesen, daß
hier ihr eigenes Drama verhandelt wurde, würde sie
diese Dikussion aushalten über die Vergeblichkeit
der Liebe?

Celine faßt einen Entschluß und verlangsamt ihre
Schritte, um ihre Fassung wiederzugewinnen. Ja, das
war's, sie würde, statt wie angekündigt, über das

Thema zu diskutieren, spontan eine kleine Arbeit schreiben lassen, und zwar auf italienisch. Damit handelte sie sich zwar unnötigen Ärger ein, aber den konnte sie verkraften.

Vor der Tür zum Klassenzimmer hält sie kurz inne, atmet tief durch und faßt energisch nach der Klinke.

Die Schülerinnen und Schüler, ein gutes Dutzend, mehrheitlich Mädchen, sitzen ruhig, fast lethargisch auf ihren Plätzen und erheben sich mechanisch, als die Tür aufgeht. Es war nicht mehr so wie in den unteren Stufen, wo sie noch unentwegt für Ruhe sorgen mußte.

"Guten Morgen..."

Celine geht zum Lehrerpult und mustert aufmerksam die jungen Gesichter.

"Bitte setzt euch..."

Celine stochert in ihrer Tasche und holt ihre Bücher heraus. Als sie aufschaut, sieht sie den erhobenen Arm von Patrizia, die in beinahe liegender Haltung auf ihrem Stuhl sitzt.

"Ja, bitte?"

Patrizia läßt den Arm sinken.

"Kann ich ein Fenster aufmachen? Es ist so stickig hier drin..."

"Ja, sicher, falls niemand etwas dagegen hat..."

Patrizia wartet kurz ab, und als niemand protestiert, erhebt sie sich, als ob sie das viel Mühe kostete, schiebt den Stuhl ans Pult und bewegt sich träge zu den Fenstern. Sie ist in eine enge, an den Knien und an einem Oberschenkel zerrissene Jeans gezwängt, und ihr Top mit Spaghettiträgern verhüllt nur knapp ihre schwellende Oberweite.

Celine wirft unauffällig einen Blick über die Klasse und registriert, wie die Jungs aus den Augenwinkeln jeder ihrer Bewegungen folgen.

Patrizia ist jetzt bei den Fenstern angekommen, reißt mit übertriebener Geste an einem Griff, um ein Fenster zu kippen, und stakst in ihren weißen Sneakers gelangweilt an ihren Platz zurück.

Celine beobachtet die Jungs, wie sie unruhig mit den Füßen scharren oder sich betont lässig auf ihrem Stuhl nach hinten kippen. Was ging in ihnen vor nach dieser machtvollen Demonstration geballter Weiblichkeit? Waren sie noch in der Lage, dem Unterricht zu folgen, oder spielten jetzt ihre Hormone verrückt? Celine überlegt, wie es zu ihrer Zeit war. Sie kann sich nur an Mara erinnern, die ähnlich gut entwickelt gewesen war wie Patrizia, doch ihr war es eher peinlich gewesen, wenn Mitschüler oder ein Lehrer ihretwegen in Wallung gerieten. Und sie selbst? Ihr war nie der Gedanke gekommen, wie sie auf das andere Geschlecht wirkte, sie hatte genug damit zu tun, ihr schwankendes Gefühlsleben zu ordnen und über die Bedeutung der Spielchen zu rätseln, die Louis ständig mit ihr trieb.

Celine schreckt aus ihren Träumereien hoch und hätte beinahe statt <Romeo e Giulietta> <Louis e Giulietta> gesagt, als sie der Klasse ankündigt, sie habe es sich anders überlegt, sie verzichte auf eine Diskussion, sie erwarte einen kurzen, schriftlichen Aufsatz auf italienisch über den Unterschied zwischen Bandellos Novelle und dem Theaterstück von Shakespeare.

Die Klasse murrt, leistet aber keinen großen Widerstand. Widerstrebend werden die Schulhefte aufgeschlagen und Kugelschreiber oder Füller gezückt. Ruhe senkt sich über den Raum, Celine setzt sich ans Lehrerpult, ihr Tag ist gerettet.

III

*Das Café ODEON ist im französischen Stil einge-
richtet, dunkles Holz, Bänke und Stühle sind mit
dunkelrotem Leder bespannt, die Atmosphäre wirkt
gleichzeitig intim und intellektuell.*

*Alex sitzt allein an einem Tisch, trinkt Kaffee und
liest in einem Gedichtbändchen von Louis.*

*In einer Ecke sitzt eine üppige, rothaarige Frau
um die dreißig ebenfalls allein an einem Tisch und
sieht sich immer wieder mit großem Interesse, aber
diskret, nach Alex um.*

*Draußen vor dem Fenster erscheint Louis, äugt
aufgeregt ins Innere, entdeckt Alex und macht ihm
heftige Zeichen, daß er heraus kommen soll.*

*Alex seufzt, legt einen Geldschein auf den Tisch
und geht hinaus.*

*Die rothaarige Frau folgt Alex' mit den Augen,
bis sich die Tür hinter ihm schließt.*

*Die Tür des Cafés schwingt hinter Alex zu, Alex
wendet sich erbost an Louis, der ungeduldig auf ihn
wartet.*

"Sag mal, was soll das? Beschattest du mich?

"Ich muß mit dir reden..."

Louis schiebt Alex zum alten Hudson, der in der Nähe parkt.

Alex und Louis steigen ein, der Hudson fährt los.

Celine zieht sich in ihrem Zimmer zum Ausgehen an und geht durch den Flur zur Wohnungstür. Aus dem Wohnzimmer dringen die Stimmen ihrer Eltern, die sich wieder heftig streiten. Die Tür zum Wohnzimmer fliegt auf, ihre Mutter stürzt heulend an ihr vorbei und schließt sich im Bad ein. Fast gleichzeitig taucht ihr Vater in der Tür auf, stützt sich schwer, offensichtlich betrunken, gegen den Türrahmen und brüllt Celine an.

"Sieh an, das Fräulein Tochter... kommt grade noch so zum Essen nach Hause... wann hört das endlich auf, dein Leben als streunende Katze?"

Celine antwortet nicht und verläßt türknallend die Wohnung.

Louis und Alex gehen am Ufer des Sees entlang, im Hintergrund, neben dem Bootshaus von Louis' Eltern, parkt der alte Hudson. Louis redet schon eine ganze Weile auf Alex ein und ist offensichtlich in großer Erregung.

"...dabei ist alles so sinnlos... und wir tun so, als hätten wir eine Wahl..."

"Aus dem Nichts werden wir in die Welt geworfen... und ins Nichts kehren wir zurück..."

"Aber die Welt ist kein leerer Ort... überall gibt es Zwänge..."

Louis tänzelt ein paar Schritte vor und kickt wütend einen Stein aus dem Weg.

"Ich erzähle überall herum, daß ich Germanistik studieren werde, dabei bringt mich mein Alter um, wenn ich seinen Laden nicht weiterführe... Geld scheffeln, Geschäftsfreunde betrügen und eine Frau heiraten, die genauso reich ist wie er... meine Mutter hat er nur geheiratet, um an die Fabrik ihrer Eltern heranzukommen..."

"Ich dachte, du hättest dich längst damit abgefunden..."

"So ein Quatsch! Und du willst Schriftsteller sein? Diese Doppelmoral, diese Bigotterie, dieses Klein-Klein und ja nicht Anecken, nie die Kontrolle verlieren und immer schön an den eigenen Vorteil denken... das hält doch keiner aus..."

"Und warum gehst du nicht einfach weg?"

"So, wie du? Mein Alter würde mich verstoßen... mich verhungern lassen am ausgestreckten Arm..."

"Du kannst doch schreiben... du hast ja auch mich dazu gebracht..."

Louis wirft die Arme in die Luft und bricht in höhnisches Lachen aus.

"Du meinst meine Gedichte? Alles abgekupfert, alles waschechte Jack-Kerouac-Kopien!"

"Jeder braucht doch Inspiration... was ist schon dabei, wenn es ein bißchen nach Ginsberg riecht..."

Louis dreht sich um hundertachtzig Grad und geht rückwärts ein paar Schritte vor Alex her.

"Ein bißchen riecht? Es stinkt förmlich danach!"

Alex und Louis sind inzwischen beim Felsufer angekommen und suchen einen Platz, wo sie sich niederlassen können.

"Ich wünschte ich hätte dein Talent... deine Einakter gefallen mir... sehr authentisch und ein ganz eigener Stil..."

"Ohne Samuel Beckett hätte ich mich sowas nie getraut..."

"...besonders <Onkel Gustav>... wie die Schlampe Rita ihren Liebhaber Tom fertigmacht, seinen nichtsnutzigen Neffen, und danach den alten Drecksack selbst..."

"Ja, das entspricht meinem Gefühl, daß es die Frauen sind, die alles bestimmen..."

Louis und Alex lassen sich nebeneinander auf einem Felsbrocken nieder und schauen über den See.

Alex stößt Louis leicht an.

"A propos Frauen... was ist mit Celine?"

"Was soll mit ihr sein?"

"Du und Celine... ihr wirkt manchmal wie ein Paar... obwohl ihr dauernd streitet... bist du in sie

verliebt?"

Louis ist plötzlich auf der Hut.

"Ich weiß nicht... sie ist so voller Leidenschaft... und bereit, sich bedingungslos ins Leben zu stürzen... ich beneide sie darum..."

Louis wirft einen Stein ins Wasser.

"Und du? Was ist mit dir? Bist du in sie verliebt?"

"Sie zieht mich ungeheuer an... mir wird ganz heiß, wenn sie in der Nähe ist, und wenn sie mich anschaut, dann denke ich..."

"Denkst du was?"

Alex grinst verlegen.

"Na ja, du weißt schon... daß sie etwas von mir will..."

"Da bist du nicht der einzige... Paul sagt zwar nie ein Wort, aber auch er kann nicht die Augen von ihr lassen..."

Alex steht langsam auf und reckt sich.

"Fahren wir noch ein bißchen über den See?"

"Keine Zeit, heute steht ein ultimatives Gespräch mit meinem Alten an... aber einen Schluck haben wir uns verdient..."

In der engen, verstaubten Buchhandlung stöbert Celine in den Regalen herum. Sie nimmt Bände von

Sartre und Camus in die Hand, schließlich versenkt sie sich in Cesare Paveses <Das Handwerk des Lebens>.

Von Celine unbemerkt betritt Paul den Laden. Er wirkt nervös, als sei er ihr heimlich gefolgt. Er schaut sich um und entdeckt sie hinten beim Lesen, tut aber so, als habe er sie nicht gesehen, geht suchend die Regale entlang und stößt wie zufällig auf sie. Beide sehen überrascht auf, Celine ist erfreut, aber nicht euphorisch, Paul zu sehen, bei Paul dagegen spürt man, daß Celine ihn völlig gefangennimmt.

"Paul! Was machst du denn hier?"

"Celine? So ein Zufall! Na ja, ich versuche mir das Lesen beizubringen..."

"Entschuldige, so hab' ich's natürlich nicht gemeint..."

Celine klappt ihr Buch zu.

"Ich habe mein Buch schon gefunden..."

"Ich brauche länger..."

Paul überlegt fieberhaft und nimmt seinen ganzen Mut zusammen.

"...aber vielleicht hast du ja Lust auf einen Kaffee? Ich schaue mich ein andermal hier um..."

Celine mustert Paul kurz von der Seite.

"Warum nicht?"

Louis und Alex parken in der Nähe vom CAFE SPORTING und steigen aus dem Hudson. Das Café, dessen Glasfront von außen nicht einsehbar ist, weil innen dicke rote Vorhänge vorgezogen sind, liegt in einer schmuddligen Gasse und erweckt den Eindruck einer Absteige. Die Neonschrift leuchtet bereits, obwohl es noch nicht dunkel ist.

Innen verbreiten indirekte Deckenlampen ein schummriges Licht, es herrscht eine gedämpfte und gleichzeitig spannungsvolle Atmosphäre. Weiche, amerikanische Unterhaltungsmusik rieselt aus den Lautsprechern. Die meisten Gäste, junge bis mittelalterliche Männer, machen sich rund um die große Bar breit, hinter der zwei vollbusige Bardamen, blond und dunkelhaarig, lässig hantieren. Die aufreizende Figur der beiden kommt durch die Aufmachung und Lichteffekte von unterhalb des Tresens voll zur Geltung. In ihren engen Glitzerkleidern sehen sie gleichzeitig glamourös und billig aus. An den wenigen Tischen sitzen Männer, die sich eher unbehaglich fühlen, mit Frauen, von denen man nicht weiß, ob es ihre Freundinnen oder Animierdamen sind. Die gemurmelte Unterhaltung geht fast vollständig in der Musik unter, man hört nur vereinzelte Wortfetzen.

Alex und Louis setzen sich in eine Nische und werden sofort, wenn auch unauffällig, taxiert.

Die blonde Barfrau kommt hüftewiegend an ihren Tisch.

"Na, ihr Süßen, sind wir nicht etwas zu jung für dieses Lokal?"

Louis sieht die blonde Barfrau mit seinem anzüglichsten Blick an.

"Warum gehen wir beide nicht zusammen nach oben? Dann werden Sie schon sehen..."

Alex sieht gebannt von Louis zur Barfrau, die Louis' Blick amüsiert mit einem ebensolchen Blick erwidert.

"Es gibt keine Zimmer da oben... aber ich habe verstanden..."

"...dann bringen Sie uns bitte zwei Cognacs... doppelte..."

Die blonde Barfrau neigt lächelnd den Kopf.

"Sehr wohl, der Herr..."

Sie stöckelt davon, gibt ihre Bestellung auf, kommt mit den beiden Cognacs zurück und beugt sich betont nach vorne, als sie die Gläser auf den Tisch stellt.

"Hier bitte... macht achtzehn Franken..."

Louis greift in seine Hosentasche und reicht der Barfrau einen abgegriffenen Zwanzigfrankenschein.

"Stimmt so..."

Die Barfrau steckt sich den Geldschein provokativ in den Ausschnitt und deutet einen kleinen Knicks an.

"Ergebensten Dank..."

Sie trippelt hinter den Tresen zurück und flirtet sofort wieder mit den Männern, die dort sitzen. Aufmerksam, als sei es ein Experiment, betrachtet Louis Alex, wie er mit offenem Mund das Treiben an der Bar beobachtet, den Versuch der Männer, Eindruck zu schinden, indem sie teure Getränke bestellen oder sich halblaut über etwas lustig oder sich sonstwie wichtig machen. Die beiden Barfrauen, die nackte Haut ihrer Arme, ihrer Schultern und ihres Dekolletés im Neonlicht schimmernd, wie zur Schau gestellt, sind sich ihrer Wirkung voll bewußt, lachen, nicken, stellen Gläser und Flaschen auf den Tresen und spüren mit jeder Faser ihres Körpers, wie die Männer an der Bar die ganze Zeit nur überlegen, wie sie eine von ihnen ins Bett zu bekommen.

Alex, total fasziniert von den üppigen Formen und den lasziven Bewegungen der beiden Bardamen, eine Verlockung, die sie mit gespielt mädchenhaft-scheuem Lächeln gekonnt wieder zurücknehmen, zuckt zusammen, als ihn Louis leicht am Ellbogen berührt und einschmeichelnd, fast manisch auf ihn einredet.

"He, Alex, warum fahren wir beide nicht einfach nach Italien für ein paar Tage und spielen ein letztes Mal unser Spiel, nur diesmal mit vertauschten Rollen... du bist Jack Kerouac, der Schriftsteller, und ich Neal Cassady, der Fahrer... du schreibst, ich kutschiere uns durch die Gegend, und wir lassen es noch einmal richtig krachen... was hältst du davon?"

Alex wendet sich unwillig Louis zu, gestört in seinen lüsternen Phantasien.

"Ich weiß nicht... ich habe meinen Eltern versprochen, daß ich noch etwas Geld verdiene, bevor ich nach Paris gehe..."

Louis ist sofort bemüht, die Dringlichkeit im Ton seines Vorschlags herunterzuspielen.

"War ja auch nur so 'ne Idee..."

Louis schaut verstohlen auf seine Uhr.

"Tut mir leid Alex, ich glaube, ich muß langsam los..."

Paul und Celine sind fast die einzigen Gäste in dem kleinen, bohèmehaften CAFE PARADISO, sie sitzen sich an einem kleinen, runden Tisch gegenüber.

Celine lehnt sich auf ihrem Stuhl zurück und breitet die Arme aus.

"Es ist, als ob die Welt den Atem anhält... noch sind wir frei, noch ist alles möglich..."

Paul sieht Celine erwartungsvoll an.

"Und wie stellst du dir vor, wie's weitergeht?"

"Ich möchte einfach losrennen, ohne zu überlegen... oder ein Geist sein: alles sehen, alles hören, alles verstehen... und nichts erwarten, dann wird man auch nicht enttäuscht..."

Paul mustert Celine verdutzt.

"Und was ist mit der Liebe?"

"Ach, die Liebe... wenn sie so mächtig wäre, würden sich meine Eltern nicht ewig streiten..."

Celine tunkt einen Zuckerwürfel in ihren Kaffee und will ihn sich in den Mund schieben, doch der Zucker zerfällt zwischen ihren Fingern. Trübsinnig schaut sie in ihre Tasse.

Paul wartet ab, ob von Celine noch etwas kommt, und als sie schweigt, gibt er sich einen Ruck.

"Ich will Architekt werden... das hat mich schon immer fasziniert... mein Vater hatte nie die Chance zu studieren..."

Celine sieht überrascht hoch.

"Architekt? Du weißt, was du werden willst?"

Paul spricht jetzt mit großer Emphase.

"Ich möchte eine Familie gründen... und der Gedanke, etwas Sinnvolles zu tun, als Architekt etwas Dauerhaftes zu schaffen, erzeugt in mir ein Gefühl von Wärme und von... von Erfüllung..."

Celine betrachtet Paul mit einem warmen Lächeln.

"Schade, daß die anderen nicht dabei sind..."

Paul lächelt verlegen.

"Wieso?"

"Weil das deine ersten zusammenhängenden Sätze sind, seit ich dich kenne... und dann gleich so große Worte..."

Celine rührt nachdenklich in ihrem Kaffee.

"Ich möchte jetzt nicht nach Hause... Bleiben wir zusammen, bis das Kino anfängt?"

Paul legt sachte seine Hand auf die ihre und lächelt sie schüchtern an.

"Sicher... wir können ja vorher etwas essen gehen..."

Die Eltern von Alex sitzen bereits beim Essen, als ihr Sohn nach Hause kommt.

Alex holt sich in der Küche einen Teller mit Essen und setzt sich dazu.

Die Eltern sehen sich an, die Mutter fordert den Vater mit einem Blick auf, etwas zu sagen.

Alex' Vater räuspert sich unbehaglich.

"Wir haben gerade über deine Zukunft gesprochen... willst du es dir nicht noch einmal überlegen mit Paris und deiner Schriftstellerei?

Scheinbar gleichgültig schiebt sich Alex sein Essen in den Mund und schaut nicht auf.

"Ich denke, ihr wart einverstanden..."

Alex sieht seinen Vater kurz an.

"Du warst einverstanden..."

Die Mutter tauscht rasch einen Seitenblick mit ihrem Mann.

"Du könntest doch hier studieren und dann in den Semesterferien nach Paris..."

Alex wirft einen verächtlichen Blick auf Vater und Mutter.

"Ich soll im Sommer nach Paris? Und wie die Touristen von der Liebe träumen?"

Alex' Vater versucht abzuwiegeln.

"Du kennst doch deine Mutter... sie macht sich Sorgen, wie du mal dein Geld verdienst..."

Alex legt heftig das Besteck auf seinen Teller.

"Aber wie soll ich herausfinden, was ich kann, wenn ich es nicht ausprobiere?"

Alex' Mutter bleibt hartnäckig, auch wenn sie sich dazu zwingen muß.

"Schreiben kann man doch überall..."

"Ja! Ja! Ja! Aber ich muß erstmal raus aus dieser Enge! Etwas von der Welt sehen!"

Noch einmal wagt die Mutter verzagt einen Einwand.

"Du stellst dir das so leicht vor... Paris ist voller Versuchungen..."

"Das ganze Leben ist voller Versuchungen!"

Alex läßt ein schrill-verzweifeltes Lachen hören, steht auf und wirft dabei den Stuhl um.

"Vielen Dank für euer Vertrauen!"

Alex macht auf dem Absatz kehrt, geht aus dem Wohnzimmer und schlägt die Tür hinter sich zu.

Alex' Eltern sehen sich verzweifelt an.

Louis betritt das Arbeitszimmer seines Vaters, der zurückgelehnt in dem dick gepolsterten Ledersessel sitzt und sich mit einer Zigarre bewaffnet hat, und bleibt vor dem Schreibtisch stehen.

"Darf ich mich setzen?"

Ohne eine Antwort abzuwarten, zieht Louis lärmend einen Stuhl über das Parkett und setzt sich.

Louis' Vater läßt sich in seinem Sessel nach vorne kippen.

"Ich denke, wir sind uns einig, daß du jetzt genug gefeiert hast... nächste Woche fährst du nach Zürich und schreibst dich an der Uni ein..."

"Warum kann nicht Antoine dein Nachfolger werden?"

"Das hatten wir doch schon... ich brauche jetzt einen Anwalt in der Familie..."

"Werde ich pendeln oder in Zürich wohnen?"

"Du wirst in Zürich wohnen, im Haus eines Geschäftsfreundes... sein Sohn studiert auch..."

"Ich wette, er geht an die ETH und ist eine Sportskanone..."

"Er ist zufällig Juniorenmeister im Einer-Kajak..."

Louis lacht laut und herzlich heraus.

"Dann wird ja doch noch was aus mir..."

"Mach dich ruhig lustig über alles... in einem Punkt kenne ich dich genau... wenn dir das Geld ausgeht für deine Spinnereien, kommst du winselnd angekrochen wie ein Hund... du hast kein Rückgrat, Louis, das war schon immer dein Problem..."

Louis' Vater zieht intensiv an seiner Zigarre und stößt eine dicke Rauchwolke aus.

Louis ist sehr bleich geworden.

"Danke für die Blumen... aber wie soll ein Mann ohne Rückgrat dein Nachfolger werden?"

"Die Zeit wirkt manchmal Wunder und macht aus einem Schwächling einen Mann... du solltest mir auf den Knien danken, daß du diese Chance bekommst!"

"Und wenn ich diese Chance gar nicht will?"

"Ich glaube, du hast gar keine andere Wahl..."

Louis steht auf, befördert den Stuhl mit einem Fußtritt scheppernd wieder dahin, wo er ihn hergeholt hat und geht entschlossen zur Tür.

"Paß du lieber auf deine Gesundheit auf... Zigarren verursachen Lungenkrebs..."

Louis öffnet die Tür, schlüpft hinaus und knallt sie hinter sich zu.

Louis' Vater brüllt durch die geschlossene Tür hinter seinem Sohn her.

"Wir erwarten dich pünktlich zum Abendessen!"

Louis biegt im Eilschritt um die Ecke des Kinos REX, wo Alex, Celine und Paul vor den Aushangfotos von <I Vitelloni> auf ihn warten.

Alex lacht und schüttelt den Kopf.

"Einer kommt immer zu spät..."

Louis besorgt sich eine Karte und verschwindet mit den anderen im Vorführsaal.

Die Faszination ist wieder da, Celine, Alex und Paul sehen atemlos auf die Leinwand, nur Louis scheint nicht ganz bei der Sache.

Alex, der neben Celine sitzt, legt seinen Arm auf die Stuhllehne, spürt die Hand von Celine, die dort liegt, sieht unauffällig zu ihr hinüber und läßt den Arm auf der Lehne liegen, als Celine nicht reagiert und die Hand auch nicht wegzieht.

Bevor die Szene kommt, wo die <Vitelloni>-Clique morgens nach durchzechter Nacht über Land fährt und die Straßenarbeiter anmacht, das Benzin ausgeht und die Arbeiter drohend auf das Auto zu rennen, schleicht sich Louis unauffällig aus dem Kinosaal, was natürlich von Paul, Alex und Celine registriert wird.

In der schmalen Gasse hinter dem Kino lehnt Louis gegen die Motorhaube des alten Hudson, als Celine, Paul und Alex um die Ecke kommen.

Alex stützt sich neben Louis mit den Händen auf der Motorhaube ab.

"Was ist los? Du wolltest doch den Film unbedingt sehen?"

Celine stellt sich vor Louis hin.

"Willst du nicht wissen, wie er ausgegangen ist?"

Louis scharrt mit einem Fuß finster am Boden.

"Ich kenne den Film... ein Haufen zurückgebliebener Herumtreiber, die ihren Familien auf der Tasche liegen... und ihr findet das auch noch gut..."

Louis steigt ins Auto und entriegelt die übrigen die Türen, Alex, Celine und Paul sehen sich stumm an und verteilen sich wortlos im Hudson, Celine setzt sich nach vorne.

Louis fährt rasant los und scheint ein bestimmtes Ziel zu haben, sagt jedoch nichts.

Alex beugt sich nach vorne.

"Verrätst du uns ausnahmsweise, wo wir hinfahren, oder sollen wir uns die Augen verbinden?"

"Augen verbinden!"

Celine sieht Louis öfter fragend an, was dieser stumm und mit einem sardonischen Grinsen beantwortet, heimlich belauert von Paul, dem dieses wortlose Zwiegespräch nicht entgeht.

Der Hudson fährt gemächlich durch die Voll-mondnacht, Celine sucht im Autoradio nach passender Musik und findet einen Kanal, der gerade eine Stunde lang Blues sendet. Scheinwerfer anderer Autos tauchen die Insassen in grelles Licht, eine Cognacflasche wird herumgereicht.

Der Hudson fährt durch ein Dorf, Louis schaltet kurz die Zündung aus und wieder ein, was ein Geräusch wie von einem Gewehrschuß erzeugt. In einigen Fenstern gehen Lichter an, Menschen sehen argwöhnisch nach draußen. Alex, Paul und Celine amüsieren sich.

Louis biegt plötzlich von der Landstraße in einen Feldweg ab. Ein Hase taucht im Scheinwerferkegel auf, außerstande, die Lichtspur zu verlassen. Louis schaltet kurz die Scheinwerfer aus und wieder an, der Hase ist verschwunden.

Hinter hohen, dichten Hecken werden die dunklen Umrisse eines kleinen, schloßähnlichen Anwesens sichtbar. Louis fährt hinter das Gebäude, sodaß man den Hudson vom Weg aus nicht sehen kann, macht Motor und Licht aus.

Louis nimmt eine Taschenlampe aus dem Handschuhfach und steigt aus.

Paul, Celine und Alex sehen staunend nach draußen. Das Schlößchen wirkt unbewohnt, sieht aber nicht verfallen aus.

Alex hat die Hand schon am Türgriff, hält inne und wendet sich an Paul und Celine.

"Wenn man glaubt, man kennt ihn, fällt ihm schon wieder etwas Neues ein..."

Celine, Paul und Alex steigen aus und stehen ratlos herum.

Louis dreht sich verlegen grinsend zu ihnen um.

"Wenn ich Geld hätte, würde ich dieses Schlößchen sofort kaufen... wir würden alle vier hier residieren, und die ganze kaputte Welt könnte uns den Buckel runterrutschen..."

Paul stellt sich betont lässig vor Louis hin.

"Und von was würden wir leben?"

"Für diese Frage gehörst du an die Wand gestellt..."

Louis wendet sich abrupt ab und macht sich auf die Suche nach einem Zugang zu dem Schlößchen.

Alex, Celine und Paul sehen sich zweifelnd an.

Eine Kellertür ist so morsch, daß sie nachgibt, als Louis dagegen drückt, und läßt sich so weit aufstoßen, daß ein Mensch hindurch schlüpfen kann.

Louis sieht die drei triumphierend an

"Los, kommt!"

Louis knipst seine Taschenlampe an und verschwindet im Keller.

Celine, Paul und Alex folgen zögernd.

Paul, Alex und Celine folgen dem tanzenden Lichtkegel von Louis' Taschenlampe zu einer steilen Steintreppe, die nach oben direkt in die Eingangshalle führt.

Die Tür ist halb offen und hängt schief in den Angeln. Ein riesiger Kronleuchter hängt hoch oben an der Decke, links und rechts schwingen sich Treppen in die erste Etage hinauf, nach hinten öffnen sich Flügeltüren zu einem großen Saal.

Das Mondlicht verbreitet eine diffuse Helligkeit, die vier betreten vorsichtig den großen Saal, in dem noch vereinzelt Möbel stehen und sehen sich, jeder für sich, neugierig um.

Nach einer Weile stellt Celine fest, daß Louis verschwunden ist, und wendet sich an Paul und Alex.

"Habt ihr Louis gesehen? Er ist plötzlich verschwunden..."

Alex schaut sich um.

"Eben stand er noch neben mir..."

Celine ist ziemlich durcheinander.

"Louis? Louis! Wo bist Du?"

Paul geht suchend durch den Saal.

"Das sind doch wieder nur seine Spielchen..."

Alex lacht und wendet sich an Paul und Celine.

"Klar, und er will, daß wir ihn suchen..."

Paul, Celine und Alex gehen die Treppen zur er-sten Etage hoch, trennen sich, sehen in den Zimmern nach und rufen weiter vergeblich nach Louis.

Die Zimmer sind teilweise noch so eingerichtet, als würden Menschen darin leben, es sind Salons, Schlafzimmer, altmodische Bäder. Auch wenn über-all schon viel Staub liegt, wirken die Räume etwas unheimlich, als hätte man sie eben verlassen, in eini-gen Schlafzimmern sind die Betten noch bezogen, die Decken zurückgeschlagen, auf den Tischen liegen noch Geschirr, Besteck und Gläser mit einer dunklen Flüssigkeit, die aussieht wie geronnenes Blut oder eingedickter Wein, das ganze düstere Ambiente wird verstärkt durch das schummrige Mondlicht.

Alex, Celine und Paul haben mittlerweile aufge-hört nach Louis zu rufen, sie nehmen, jeder für sich, die Eindrücke mit angespannter Aufmerksamkeit auf.

Plötzlich taucht Louis hinter Celine auf, legt ihr einen Arm um die Taille und zerrt sie ungestüm durch eine Tapetentür.

Celine ist nicht wirklich überrascht

"Ach, Louis, geht es nicht mal ohne diese Spiel-chen? Außerdem - ich bin nicht Marylou aus <On the Road>, und du bist nicht der König der Land-straße..."

"Nein? Aber ich kann zaubern..."

Louis schubst Celine von sich und verschwindet hinter ihr durch eine weitere Tapetentür.

Celine sieht sich ärgerlich um.

"Louis? Louis! Übertreib' es bitte nicht..."

Celine geht jetzt gezielt auf die Suche nach Louis, sieht vor sich den Schatten einer Gestalt und geht auf sie zu. Die Gestalt ist Alex, der glaubt, Celine meine ihn, als sie so zielstrebig auf ihn zu kommt, er breitet seine Arme aus, zieht sie grob an sich und küßt sie heftig auf den Mund, doch Celine, die im selben Moment ihren Irrtum bemerkt, stößt Alex heftig von sich.

"Alex!?!"

Celine dreht sich weg von ihm, und Alex bleibt wie ein begossener Pudel stehen.

"Entschuldige..."

Celine rennt zum Ende des Gangs und sieht Paul dort stehen.

"Celine!"

Ohne ihn zu beachten, eilt Celine die Treppe hinunter und weiter zum Ausgang, rüttelt an der kleinen Tür, die in das riesige Portal eingelassen ist und sich überraschend öffnen läßt, und rennt ins Freie.

Von dem dröhnenden Geräusch der zufallenden Tür aufgeschreckt, sieht Louis aus einem der Fenster Celine Richtung See davonhuschen und rennt ihr durch die kleine Tür im Portal nach.

Paul und Alex haben das Geräusch der zufallenden Tür auch gehört, doch da sie nicht wissen, wo-

her das kommt, verlassen sie das Schlößchen wieder durch die Kellertür.

Alex und Paul horchen kurz in die Nacht, hören Geräusche von hastigen, sich entfernenden Schritten und rennen blindlings hinterher, rufen nach Celine und Louis.

Celine, atemlos, ein gutes Stück voraus, hält inne, hört die Schritte und die Rufe von Paul und Alex, antwortet aber nicht.

Louis, ganz in ihrer Nähe, antwortet ebenfalls nicht und nähert sich Celine, die auf das Geräusch aufmerksam wird.

Celine und Louis starren sich in der Dunkelheit an, ohne sich zu sehen, beide wissen, daß der andere ganz nahe ist.

Celine tastet sich lautlos weiter, Louis folgt ihr.

In einiger Entfernung sieht man die Umrisse des Bootshauses von Louis' Eltern.

Celine nähert sich dem Ufer, hält wieder inne.

Louis, nicht weit von ihr, verharrt ebenso, was Celine nicht entgeht.

Paul und Alex kommen angerannt, rufen ein letztes Mal nach ihnen.

Weder Celine noch Louis reagieren.

Alex faßt Paul am Arm.

"Mir reicht's, ich gehe zum Auto zurück..."

Alex macht sich auf den Weg zurück, und Paul schleicht weiter in Richtung Seeufer.

Weit weg von ihnen, in einem Gebüsch, richtet sich Celine vorsichtig auf und rennt geräuschlos zum Bootshaus.

Louis beobachtet sie aus seinem Versteck und folgt ihr langsam, was Celine mit Genugtuung registriert.

Paul, der inzwischen näher gekommen ist, sieht zwei Schatten zum Bootshaus schleichen und darin verschwinden und folgt ihnen.

Celine betritt das Bootshaus, das zum See hin offen ist, steigt ins Motorboot, öffnet die Tür zur Kajüte und schlüpft lautlos hinein.

Die Tür zum Bootshaus öffnet sich wieder, und Louis tritt ein. Er zögert, dann steigt auch er aufs Motorboot und verschwindet durch die Kajütentür.

Louis öffnet die Tür zu den Kojen und prallt beinahe zurück. Vor ihm steht Celine, nackt, ihr Körper übergossen vom milchigen Schein des Mondlichts, das durch die Bullaugen dringt.

Celine breitet die Arme aus und faßt Louis mit beiden Händen an der Jacke. Ihre Stimme ist nur ein Flüstern.

"Schluß mit den Spielchen!"

Celine läßt sich mit Louis rücklings auf eine der Kojen fallen.

Die Tür zum Bootshaus öffnet sich erneut, Paul tritt leise ein, schleicht zum Motorboot, sieht Schatten in der Kajüte, die sich bewegen, und hört ekstatische Geräusche.

Alex hat es sich im Hudson bequem gemacht, nimmt einen Schluck aus der halbleeren Cognacflasche, die neben ihm auf dem Sitz liegt, und liest weiter in einem der Gedichtbändchen von Louis.

Eine erste schwache Helligkeit zeichnet sich am östlichen Horizont ab, als Paul mit Pokerface aus dem Dunkeln auftaucht.

Alex legt das Bändchen beiseite, sein Zungenschlag ist hörbar.

"Und? Hast du sie gefunden?"

"Keine Spur von ihnen..."

Paul stellt sich hinter den Hudson und pinkelt.

Alex gibt Zeichen von Unmut von sich.

"Wie lange sollen wir noch auf sie warten?"

Man hört Äste knacken, gleich darauf erscheinen Celine und Louis, beide aus verschiedenen Richtungen.

Alex beugt sich aus dem Hudson.

"Na, was ist? Spielchen beendet?"

Louis antwortet nicht, Celine steigt hinten ein,

Paul setzt sich neben sie, Alex läßt sich auf den Bei-fahrersitz fallen, nimmt wieder einen Schluck aus der Flasche.

Louis fährt auf den Feldweg und auf die Haupt-straße zurück, konzentriert sich aufs Fahren.

Celine starrt aufgewühlt in die Nacht hinaus, ver-meidet Pauls Blick, der sie immer wieder von der Seite mustert.

Alex glotzt betrunken geradeaus.

Es ist schon fast heller Tag auf der schmalen Landstraße zurück in die Stadt. An einer Stelle ist ein tiefes Loch im Asphalt, Bauarbeiter sind dabei, den Schaden zu beheben.

Der Hudson fährt langsam daran vorbei, und, wie um die angespannte Atmosphäre im Auto zu lösen, öffnet Alex das Fenster, lehnt sich hinaus, imitiert die obszöne Geste aus <I Vitelloni> und schreit:

"Forza, lavoratori!"

Louis sieht lachend nach hinten und übersieht da-bei, daß die Straße auf der rechten Seite an einem ungeschützten Graben entlangführt und bleibt ste-cken, die Räder drehen durch.

"Verdammter Mist!"

Die Arbeiter werfen ihre Schaufeln und Pickel weg und nähern sich drohend.

Paul und Alex steigen aus, schieben den Hudson

mit aller Kraft auf die Straße zurück und können ge-
rade noch in das fahrende Auto springen, bevor die
Arbeiter sie erreichen. Louis gibt Gas, die vier la-
chen erleichtert über den beinahe mißlungenen
Scherz.

Alex öffnet geräuschlos die Haustür und versucht
möglichst unauffällig durch den Flur nach hinten zu
seinem Zimmer zu gelangen, doch seine Mutter ist
dabei, im Wohnzimmer Staub zu saugen. Die Tür
zum Flur ist offen, sie bemerkt Alex, die beiden se-
hen sich kurz an. Alex will in sein Zimmer, biegt
aber im letzten Augenblick ab ins Bad, man hört, wie
er sich geräuschvoll erbricht.

Paul betritt leise die Wohnung und geht nach
oben. Die Schlafzimmertür seiner Eltern ist offen,
der Vater ist schon weg, auch seine Schwester Mari-
anne.

Paul tritt leise ans Bett seiner Mutter, die kurz
aufwacht und Paul anlächelt.

"So früh schon auf? Wo willst du hin?"

Paul deckt seine Mutter richtig zu.

"Schlaf weiter, ich sehe später nach dir..."

Celine biegt um die Ecke und sieht schon von
weitem ein Taxi vor der Haustür stehen.

Gleich darauf kommt Celines Mutter mit einem kleinen Koffer aus dem Haus, steigt hastig ins Taxi, das sofort losfährt.

Celine läuft hinterher und gestikuliert mit den Armen.

"Mama! Mama! Was ist passiert? Warte auf mich!"

Celines Mutter hört und sieht Celine nicht, das Taxi fährt um die Ecke.

Celine rennt auf die Haustür zu, die plötzlich weit auffliegt, dann steht ihr Vater vor ihr, unrasiert, übernächtigt, das Hemd halb aus der Hose, nach Alkohol riechend. Sein Gesicht verzieht sich zu einer Fratze, als er Celine ansichtig wird.

"Na, hast dich gut amüsiert? Warum haust du nicht ab wie deine Mutter, dann hab' ich endlich Ruhe vor euch Weibern..."

Celine bricht in Tränen aus und hastet die Treppen zur Wohnung hoch.

Celine schließt ihre Zimmertür ab und wirft sich heftig schluchzend auf ihr Bett, den Kopf in ihren Armen vergraben.

Es klopft an die Tür, es ist Celines Vater, er klingt jetzt kleinlaut und niedergeschlagen.

"Celine? Celine, mach auf... es tut mir leid... Celine, bitte, ich muß mit dir reden..."

Celine reagiert nicht auf ihren Vater.

Es ist heller Tag, Louis hält vor der Garage sei-
ner Eltern, neben der ein Motorrad aufgebockt steht.
Das Tor der Garage ist offen, der neue Amischlitten
seines Vaters steht halb im Freien, ein Mechaniker
beugt sich über die aufgeklappte Motorhaube.

Louis' Vater, im Anzug, mit einer Ledermappe in
der Hand, sieht dem ankommenden Hudson mit un-
verhohlenem Zorn entgegen.

Louis steigt aus, sein Vater sieht Louis bebend
vor Wut an und setzt sich demonstrativ ans Steuer
des alten Hudson.

"Das hat Konsequenzen, das schwör' ich dir..."

Louis sieht seinem Vater kalt nach und geht lang-
sam auf das Haus zu.

Die Haustür öffnet sich, die schöne, bleiche Mut-
ter von Louis tritt heraus und zieht ihren Sohn mit
einem besorgten Blick rasch ins Haus.

Celine, noch im dunklen, klassischen Kostüm, das
sie in der Schule getragen hat, setzt sich mit einer
Kanne Tee an den Eßtisch, der für eine Person gedeckt ist und auf dem bereits viele Zutaten für ein
kaltes Abendessen aufgetragen sind.

Celine streicht Butter auf eine Brotscheibe, als die
Türklingel ertönt. Sie runzelt die Stirn, geht widerstrebend in die Diele und drückt auf den Öffner. Man
hört den Summer durch das Treppenhaus, dann
klopft jemand zweimal rasch an die Wohnungstür.

Celine macht die Tür auf, und vor ihr steht Anna, ihre Tochter, mit blitzenden Augen.

"Jemand ist gerade ins Haus gegangen, deshalb bin ich schon hier oben..."

Anna drängt sich in die Wohnung, schließt die Tür, umarmt ihre Mutter und hält sie dann mit beiden Armen ein Stück von sich weg.

"Schick siehst du aus in deiner Rüstung..."

Celine hat ihre Tochter nicht erwartet und reagiert etwas pikiert.

"Wolltest du nicht deinen Vater besuchen?"

"Doch, natürlich, aber ich wollte auch dich wieder mal sehen, wenn ich mit dir telefoniere, weiß ich hinterher nie, wie es dir wirklich geht..."

Celine geht zum Eßtisch zurück, Anna setzt sich ihr gegenüber.

"Willst du etwas essen?"

"Nein, danke, aber eine Tasse Tee wäre gut..."

Celine geht in die Küche und holt eine Tasse, Anna sieht ihr neugierig entgegen.

"Ißt du immer so früh?"

"Ja, und ich gehe auch früh ins Bett..."

Celine schenkt Anna und sich Tee ein, dann macht sie sich wieder an ihr frugales Mahl.

Anna rührt einen Löffel Honig in ihren Tee, nimmt einen Schluck, fischt ein Cornichon aus dem

Glas und beobachtet nachdenklich ihre Mutter, die sich unbehaglich fühlt.

"Ist es Zufall oder Absicht, daß du mich ein paar Tage vor unserem Klassentreffen besuchst?"

Anna knabbert an dem Cornichon herum und fühlt sich ertappt.

"Beides. Ach, Mama, ich mach' mir einfach Sorgen um dich... ich wünschte mir so sehr, daß du und Papa wieder zusammen seid..."

Celine legt die Brotscheibe auf den Teller, von der sie gerade abbeißen wollte.

"Das haben wir doch schon tausendmal durchgekaut! Ich mache alle unglücklich, besonders deinen Vater, das hat er nicht verdient, niemand hat das verdient!"

"Jeder weiß doch, daß Louis deine große Liebe war... und daß du alles so schwernimmst... deshalb können ja auch alle deinen Kummer verstehen..."

"Aber was ist mit Paul? Es muß ihn doch krankmachen, daß es nicht aufhört nach all den Jahren! Und daß ich es nicht ändern kann!"

"Was redest du da... Papa liebt dich und hat dich immer geliebt, egal was du tust oder getan hast... er kennt dich durch und durch und nimmt dich wie du bist... ich kenne niemanden, der so ist wie er..."

Celine fängt leise an zu weinen, aber so, als hätte sie nicht mehr viele Tränen.

Anna erhebt sich rasch, setzt sich neben ihre Mutter und legt einen Arm um sie.

"Er weiß, daß du leidest... er möchte nur, daß du glücklich bist..."

Celine hebt ihr verweintes Gesicht,

"Aber das ist es doch gerade! Er gibt mir so viel, und ich... ich enttäusche ihn immer nur!"

Anna neigt ihren Kopf, bis sich ihre Stirn und die ihrer Mutter berühren, gleichzeitig hält sie deren Hände fest, ein paar Tränen rollen ihr über die Wangen.

"Ach Mama, wie dumm du bist..."

IV

Alex und Celine sitzen sich stumm in der BTI-Bahn gegenüber. Die Erinnerung an die vergangene Nacht lastet schwer auf ihrem Gemüt, wenn auch aus unterschiedlichen Gründen.

Alex zerbricht sich den Kopf, wie er das Schweigen von Celine aufbrechen kann, versucht es dann mit einer einfachen Frage.

"Weißt du, was Louis vorhat?"

Celine wirkt müde, fast apathisch.

"Soll wohl so eine Art Abschiedsparty werden..."

Alex setzt sich spontan neben Celine, eigentlich wollte er gleichzeitig ihre Hand nehmen, doch im letzten Augenblick schreckt er zurück und lächelt sie nur an.

Celine sieht Alex verwundert an, stellt aber keine Fragen.

Alex windet sich, er weiß nicht so recht, wie er anfangen soll.

"Das gestern nacht im Schlößchen... das tut mir leid... aber wie du so zielstrebig auf mich zugekommen bist..."

Celine lacht leise.

"...da dachtest du, ich will etwas von dir..."

Alex faßt sich ein Herz und legt seine Rechte auf ihre Hände, die sie im Schoß gefaltet hält.

Celine sieht erst verdutzt auf ihre Hände, dann blickt sie Alex prüfend an, rührt sich jedoch nicht.

Alex redet rasch weiter.

"Manchmal, wenn du mich so anschaust oder wir uns zufällig berühren... dann wird mir ganz heiß, und ich bilde mir ein, daß du genauso empfindest..."

Celine öffnet ihre Hände und legt ihre Linke behutsam, fast mütterlich, auf Alex' rechte Hand.

"Alex, ehrlich, du gefällst mir, aber ich bin nicht in dich verliebt... und Lust und Liebe gehören nun mal für mich zusammen..."

"Kannst du das so genau unterscheiden?"

Celine lacht herzlich auf.

"Jetzt redest du wie Louis..."

"Du dachtest, daß er das ist, als du auf mich zukamst... stimmt's?"

Celine lächelt und sieht angelegentlich aus dem Fenster.

Alex läßt nicht locker.

"Er macht immer so Sachen, und damit beeindruckt er dich... das würde ich mich nie trauen..."

Celine dreht sich zu Alex um, faßt ihn mit beiden Händen am Kopf und drückt ihm sachte einen Kuß auf die Stirn.

"Ach, Alex... Wir kennen uns jetzt so lange, ich mag dich wirklich sehr gerne, ich möchte dich nicht als Freund verlieren..."

Alle Spannung fällt von Alex ab, er rückt etwas von Celine ab und lächelt wehmütig.

Paul und Louis kommen mit einem Einkaufswagen aus dem Coop-Laden, vollbeladen mit Champagner, Rotwein, einer Flasche Cognac, Brot, Käse und Konservendosen mit allen möglichen Delikatessen und verstauen alles in zwei Körbe im Kofferraum eines weißen Opel Rekord.

Louis reicht Paul ein paar Konservendosen.

"Ist mir echt peinlich, daß mir mein Alter das Auto weggenommen hat..".

"Na ja, mein Vater ist auch nicht so begeistert, daß wir Nacht für Nacht durch die Gegend gondeln..."

Louis bringt den Einkaufswagen zurück, Paul schließt den Kofferraum, dann steigen beide ein, Paul setzt sich ans Steuer.

Es ist Abend geworden, Celine und Alex gehen ungeduldig am Ufer auf und ab, als der weiße Opel Rekord auf das Bootshaus zuhält und davor stoppt.

Paul und Louis steigen aus, Paul öffnet den Kofferraum und packt einen der beiden Körbe.

Celine ist näher gekommen und schaut neugierig zu.

"Was genau feiern wir eigentlich?"

Louis wuchtet gerade den zweiten Korb heraus.

"Es gibt mehr als einen Grund zu feiern, aber ein Ereignis ganz besonders..."

Louis sieht Celine, die ernst geworden ist, mit einem unergründlichen Lächeln an.

Paul läßt seine Augen unauffällig von Celine zu Louis wandern.

Alex spürt das Unausgesprochene, das ihm entgeht, und macht ein mürrisches Gesicht.

Louis öffnet das Bootshaus, und die vier besteigen mit den Lebensmitteln das Motorboot.

Louis wirft den Motor an, das Boot gleitet auf den dämmrigen See hinaus.

Die Nacht ist inzwischen herabgesunken. An Deck, unter dem Schutz des Kajütendachs, auf dem mit weißem Leinen gedeckten Klapptisch, stehen Kristallgläser, Porzellanteller, Silberbesteck und Kerzen und erzeugen den Eindruck von Luxus und Unbekümmertheit. Die ganzen Delikatessen sind auf Schüsseln und Platten verteilt, der Champagner kühlt in einem Eiskübel.

In feierlicher Erwartung sehen Paul, Alex und Celine auf Louis, der an sein Weinglas klopft und langsam aufsteht. Er wirkt ungewohnt ernst und nachdenklich.

"Wir sind jetzt schon eine Ewigkeit zusammen und werden bald getrennte Wege gehen... ich hätte nicht gedacht, daß mir das so nahegeht... wir haben viel zusammen erlebt, und wir kennen uns besser, als uns unsere eigenen Familien kennen, und dennoch muß jetzt jeder in sein eigenes Leben hinaus... aber egal, was kommt... wir halten zusammen und lassen uns nicht verbiegen..."

Louis ergreift sein Glas, Alex, Paul und Celine erheben sich mit ihren Gläsern in der Hand.

"Laßt uns darauf trinken... ex..."

Die vier leeren feierlich ihre Gläser.

"Aber bevor wir dies mit einer gewaltigen Orgie besiegeln, springen wir alle nackt in den See, um alles Böse von uns abzuwaschen..."

Louis legt sein Glas hin und fängt an, sich auszuziehen.

Celine stellt ebenfalls ihr Glas ab.

"Und das besondere Ereignis, weshalb wir feiern?"

Louis hat sich fast ganz ausgezogen, auch Alex und Paul sind schon nackt bis auf die Unterhose.

Celine steht Louis jetzt direkt gegenüber.

"Das ist eine Überraschung... machst du nicht mit?"

Celine wendet sich enttäuscht ab.

"Ist mir zu kalt..."

Louis zieht demonstrativ seine Unterhose aus, Paul und Alex tun es ihm nach, alle drei springen ins Wasser, Paul und Alex paddeln in der Nähe des Boots prustend herum.

Celine sieht ihnen gedankenverloren zu.

Nach einer Weile klettern Alex und Paul fröstelnd wieder an Bord, etwas verschämt ob ihrer Nacktheit, rubbeln sich trocken und ziehen sich wieder an.

Von Louis ist nichts zu sehen oder zu hören.

Paul, Alex und Celine sehen sich unruhig an.

Alex holt eine Stablampe aus der Kajüte und leuchtet aufs Geratewohl um das Boot herum.

"Was treibt er so lange? Soll das die Überraschung sein?"

Die drei starren angestrengt auf das schwarze Wasser, doch nichts rührt sich, sie fangen an, nach Louis zu rufen, erst verhalten, dann immer dringlicher.

Nichts bewegt sich, kein Geräusch ist zu hören. Noch glauben alle an einen Scherz.

Paul stößt Alex an.

"Komm, das reicht jetzt, wir holen ihn raus..."

Alex und Paul ziehen sich wieder aus und springen nochmal ins Wasser, tauchen hektisch in alle Richtungen, während Celine planlos mit der Stablampe leuchtet und nach Louis ruft.

Doch alle Bemühungen sind vergeblich.

Etwa zweihundert Meter vom Boot entfernt schwimmt Louis ans Ufer, geht auf ein Gebüsch zu, wo ein großes Handtuch, eine Decke und Kleider liegen, und reibt sich zitternd ab. Er zieht sich an, hüllt sich in die Decke und setzt sich unter das Gebüsch. Er sieht die Reflexe der Stablampe auf dem See und hört die Rufe von Celine. Seine Miene wird hart, ein wenig schuldbewußt, er wendet sich abrupt ab und wartet.

Zitternd steigen Paul und Alex wieder ins Boot, Celine ist am Rande eines Nervenzusammenbruchs.

"Habt ihr ihn nicht gefunden? Sucht weiter! Irgendwo muß er doch sein!"

Alex trocknet sich deprimiert mit dem Handtuch ab.

"Das ist doch sinnlos... er kann überall sein..."

Ohne sich abzutrocknen, zieht sich Paul an und wendet sich an Alex.

"Am besten, du fährst mit dem Gummiboot zum Bootshaus und alarmierst die Wasserwacht... ich bleibe bei Celine... ich kenne mich ein bißchen aus mit der Yacht..."

Alex zieht sich hastig an, steigt in das Gummiboot mit dem Außenbordmotor, das er und Paul ins Wasser lassen, und fährt eilig davon.

Celine klammert sich an Paul.

"Er kann doch nicht einfach verschwinden, was denkt er sich dabei?"

Paul streicht Celine übers Haar.

"Beruhige dich...wir werden ihn schon finden..."

Celine bricht in Tränen aus.

"Bitte, Paul, such' nochmal nach ihm..."

"Gut, wie du willst... aber bewege das Boot nicht..."

Paul, selbst schon am Rande der Erschöpfung, springt erneut über Bord, während Celine unentwegt nach Louis ruft.

Louis beobachtet aus seinem Versteck, wie ein alter Renault mit ausgeschalteten Scheinwerfern langsam auf dem schmalen Uferweg heran holpert und auf seiner Höhe mit laufendem Motor stehenbleibt.

Raphael sitzt am Steuer und sieht zu, wie Louis auf das Auto zu hastet und auf der Beifahrerseite einsteigt. Sie umarmen sich kurz und heftig.

Louis wirft die Decke auf die Rückbank und wartet, daß Raphael los fährt, doch dieser schaut angestrengt geradeaus.

Louis sieht ihn irritiert an.

"Was ist? Warum fahren wir nicht?"

"Ich hab's mir überlegt... ich bleibe hier..."

Louis sieht Raphael fassungslos an, der schuldbewußt wirkt.

"Sag das nochmal..."

Raphael wendet sich Louis zu und sieht ihn direkt an.

"Es tut mir leid, Louis... Ich bin viel herumgekommen und brauche einen Ort, wo ich mich wohlfühle... ich liebe diese Landschaft, den See, den Wein, dieses langweilige Große Moos..."

Louis sackt in seinem Sitz zusammen und wirft den Kopf nach hinten.

"Wenn du nicht mitkommst, bleibe ich auch hier..."

Raphael fährt Louis spielerisch durch die Haare, Louis weicht erzürnt aus.

"Dein Vater bringt dich um, wenn er erfährt, wie du bist... du kannst dich nicht ewig verstellen..."

Louis lacht hysterisch und schaut aus dem Fenster.

"Ich kann es einfach nicht glauben..."

Raphael schaltet den Motor aus.

"Vor ein paar Tagen hatte ich einen Traum... wir waren am Flughafen, wir hatten es beinahe ge-

schafft... du warst schon an Bord, ich wollte nur noch eine Zeitschrift kaufen, doch als ich zahlte, sah ich mit Entsetzen, wie unser Flugzeug abhob... es zerriß mir das Herz, aber gleichzeitig wußte ich, ich habe keine andere Wahl..."

Louis schwankt, gibt aber noch nicht auf.

"Kannst du mich nicht wenigstens begleiten?"

Raphael starrt ernst nach vorne durch die Windschutzscheibe.

"Wir hatten eine wunderbare Zeit zusammen, aber du bist jung, und du mußt alle Fesseln abwerfen, wenn du deinen Weg gehen willst... du verläßt ja auch deinen Schulfreund – wie heißt er noch? Alex? - in den du heimlich verliebt bist..."

Louis sieht Raphael überrascht an, in dessen Augen Tränen schimmern.

"Dies ist ein Abschied, Louis... glaub mir, ich hätte es mir auch anders gewünscht..."

Louis und Raphael starren sich lange an, dann umarmen sie sich heftig.

Raphael löst sich zuerst.

"Komm, laß' uns fahren, du mußt ausgeruht sein, wenn du morgen ins Flugzeug steigst..."

Raphael legt den Gang ein und fährt los.

Alex lenkt das Gummiboot ins Bootshaus. Drau-
ßen auf dem See sieht man schwach die Positions-
lichter des Motorboots und hört Celine immer noch
verzweifelt nach Louis rufen.

Alex steigt auf die Planken des Anlegestegs, muß
aber nochmal zum Gummiboot zurück, weil er den
Motor nicht richtig abgestellt hat, dann öffnet er
einen Kasten an der Wand, ein rotes Telefon wird
sichtbar, er nimmt den Hörer ab und wählt die Num-
mer, die groß und rot auf der Wählscheibe steht.

"Hallo? Ist dort die Wasserwacht? Bitte kommen
Sie sofort, ein Freund ist über Bord... Südufer... di-
rekt vor der Ziegelhütte... ja ich warte..."

Fassungslos sieht Alex auf die schwarze Fläche
des Sees hinaus.

Die Nacht ist einem lichtlosen Morgengrauen
gewichen, der Himmel ist von Wolken verhangen.
Vor dem Bootshaus parken mehrere Autos, ein
Polizeiwagen, eine Ambulanz, Fahrzeuge der
Wasserwacht, der weiße Opel Rekord.

Weit draußen dümpelt immer noch das Motorboot
von Louis' Eltern auf dem See, umgeben von Booten
der Polizei und der Wasserwacht.

Die Eltern von Louis kommen im neuen Amerika-
nerwagen beim Bootshaus an, werden von Helfern
der Wasserwacht in Empfang genommen und in ei-
nem Boot zu ihrer Yacht gebracht.

Louis' Eltern steigen an Bord ihres Motorboots, auf dem Tisch liegen immer noch die Überreste des mißlungenen Festmahls.

Die Mutter setzt sich auf eine Bank und bedeckt mit den Händen ihr Gesicht, der Vater geht wie ein Feldherr nach vorn zum Bug und ruft zu den Polizisten und den Helfern der Wasserwacht hinüber, die routinemäßig die Wasseroberfläche absuchen und mit langen Stangen im Wasser wühlen.

"Wollt ihr etwa schon aufgeben? Hier gibt es eine starke Strömung, ihr müßt weiter draußen suchen!"

Auf einem der Polizeiboote sitzen Celine, Paul und Alex nah zusammen, völlig übernächtigt, in dicke Wolldecken gehüllt. Apathisch sehen sie auf, als sie die Stimme von Louis' Vater hören, und beobachten, wie die Polizisten untereinander bedeutungsvolle Blicke tauschen.

Der Einsatzleiter dreht sich gereizt zu Louis' Vater um.

"Wir haben schon den halben See abgesucht, bevor Sie kamen! Es sind fünf Taucher im Einsatz! Mehr können wir beim besten Willen nicht tun!"

Wie auf ein Stichwort taucht einer der Taucher bei einem der Boote auf und schüttelt den Kopf.

Louis' Vater gibt sich damit nicht zufrieden.

"Dann fangt nochmal von vorne an!"

Der Einsatzleiter, entmutigt vom bisherigen Miß-

erfolg und genervt von Louis Vater, schreit unbeherrscht zurück.

"Das tun wir doch gerade!"

Ein Polizist beugt sich zu Paul, Celine und Alex herunter.

"Es ist zwecklos, daß ihr hier bleibt, ihr könnt uns ja doch nicht helfen..."

Der Polizist nickt dem Mann am Außenbordmotor zu, das Boot nimmt Kurs aufs Ufer.

Das Polizeiboot setzt Celine, Alex und Paul am Ufer ab.

Steifbeinig und stumm gehen die drei zum weißen Opel Rekord.

Paul setzt sich ans Steuer, Celine nimmt neben ihm Platz, und Alex streckt sich auf der Rückbank aus.

"Ich kann jetzt nicht nach Hause..."

Celine sieht Paul an.

"Fahren wir doch einfach..."

Paul nickt, läßt den Motor an und fährt los. Im Rückspiegel wird die gespenstische Szenerie, die sie eben verlassen haben, immer kleiner.

Paul parkt sein Auto in der Garage, betritt sein Haus durch eine Tür, die direkt in die Küche führt, und bleibt verblüfft stehen.

Anna steht am Herd und rührt in verschiedenen Töpfen. Als sie ihren Vater eintreten sieht, hellt sich ihre Miene sofort auf.

"Papa! Schön, daß du schon da bist, ich wollte dich überraschen..."

Paul läßt seinen Blick mit Wohlgefallen auf seiner Tochter ruhen, die ihrer Mutter auffallend ähnlich sieht, mit ihrem lebhaften, warmherzigen Wesen aber grundverschieden ist. Er geht auf sie zu und umarmt sie innig.

"Ich würde mich über Deinen Besuch genauso freuen, wenn du nicht für mich kochst..."

Paul legt seine Mappe auf einen Stuhl, tritt an den Herd und schnuppert.

"Was gibt es denn?"

Anna macht den Mund auf, um zu antworten, doch Paul hebt rasch die Hand.

"Stop! Laß mich raten... also, ich tippe auf geschnetzelte Pute in Gorgonzolasauce, gedünsteten Fenchel und dicke Nudeln..."

Anna nickt ertappt.

"Dein Lieblingsessen... ich mußte oft üben, bis du mit mir zufrieden warst..."

"Am Schluß konntest du es besser als ich..."

Paul wendet sich ab um seine Rührung zu verbergen und greift nach einer Flasche Wein auf einem Holzregal.

"Ich hoffe, du leistest mir Gesellschaft bei einer Flasche Wein... ein Pinot Noir von den Rebbergen an unserem See..."

"Ein Glas trinke ich gerne mit... setz dich schon an den Tisch, ich komme gleich mit dem Essen..."

Paul öffnet die Flasche, nimmt zwei Gläser mit und setzt sich in die Eßecke im Wohnzimmer, wo der Tisch bereits gedeckt ist.

Gleich darauf kommt Anna und reicht ihrem Vater die dampfenden Teller.

"So, ich hoffe, ich hab's nicht verlernt..."

Anna geht rasch hinüber zum CD-Player.

"Wie wär's mit Vivaldi? <Die vier Jahreszeiten>?"

Paul schenkt ihnen beiden Wein ein und sieht überrascht hoch.

"Ja, warum nicht?"

Die Musik erklingt, Anna setzt sich an den Tisch, Vater und Tochter prosten sich lächelnd zu. Paul nimmt einen tiefen Schluck, setzt das Glas wieder ab und ergreift das Besteck.

"Du kannst dir gar nicht vorstellen, wie sehr ich mich über deinen Besuch freue... gibt es einen besonderen Grund?"

Paul und Anna fangen an zu essen, Anna läßt sich Zeit mit ihrer Antwort.

"Ich brauchte einfach mal einen Tapetenwechsel, und Tommy bereitet sich gerade auf ein schwieriges Examen vor, da bin ich nur im Weg..."

Paul sieht seine Tochter prüfend an, die schnell den Blick senkt.

"Na ja, du kennst mich ja... ich mache mir auch Gedanken um Mama und dich..."

Die heitere Stimmung ist plötzlich wie weggeblasen, Anna wirkt auf einmal fast verzweifelt.

"Tut mir leid, ich will mich nicht einmischen, aber es macht mich traurig, wenn ich sehe, wie Mama ihr Leben vergeudet, indem sie dreißig Jahre lang einem Phantom nachtrauert..."

Für Paul sind solche Gespräche offensichtlich nicht neu, er versucht auch gar nicht abzublocken, insgeheim hat er vielleicht sogar darauf gehofft.

"Warst du bei ihr?"

"Nur kurz... es hat sich nichts geändert..."

"Ja, es ist eine Tragödie... Louis war ja gar nicht der strahlende Held, als den ihn deine Mama sieht, sondern bitter und verzweifelt... seine Mutter vergötterte ihn, doch in den Augen seines sadistischen, patriarchalischen Vaters war er ein Versager... deshalb war Louis so fasziniert von deiner Mama, von ihrem absoluten Wesen und ihrer Leidenschaftlichkeit..."

Paul hat aufgehört zu essen und nimmt einen tiefen Zug aus seinem Glas.

"Doch das Schlimmste daran ist, daß Louis gar nicht verliebt war in sie, es reizte ihn einfach, sie zu provozieren, und deine Mama interpretierte seine Psycho-Spielchen als seine besondere Art, ihr seine Verliebtheit zu zeigen..."

Anna sieht ihren Vater zweifelnd an.

"Bist du dir da sicher?"

"Was ich dir jetzt sage, habe ich noch niemand erzählt..."

Paul schenkt sich Wein nach, nimmt einen Schluck und sieht Anna nicht an.

"In der Nacht, als sich alles entschied – du kennst ja die Geschichte -, war es deine Mutter, die Louis verführte, nicht umgekehrt... und wenn er nicht so plötzlich gestorben wäre, hätte sich das ganze in Luft aufgelöst..."

Anna sieht ihren Vater verwundert an, traut sich aber nicht, die entscheidende Frage zu stellen.

Paul spürt ihre Zweifel.

"Du fragst dich, woher ich das so genau weiß, aber glaube mir, ich weiß es eben..."

Beide verstummen für eine Weile, dann wagt sich Anna schüchtern vor.

"Aber wenn das so ist, gibt es doch Hoffnung... wenn sie erfährt, daß ihre große Liebe ein zynischer Spieler war, wird sie das zuerst umwerfen, aber der Bann wäre gebrochen..."

Paul neigt den Kopf und lächelt milde.

"Du hast recht, aber wer bringt ihr das bei?"

Paul nimmt sein Besteck wieder auf und fährt mit dem Essen fort.

"Komm, Schluß jetzt, wäre schade, wenn dein schönes Essen ganz kalt wird..."

Anna macht es ihrem Vater nach, die Musik erfüllt den Raum, die Leichtigkeit ist zurück, dann hält Paul kurz inne.

"Eh' ich's vergesse... wie geht es Max?"

"Wir sehen uns hin und wieder, aber es geht immer von mir aus... er kann Mama auch nicht verstehen, es lähmt ihn, wie uns alle... über dich spricht er nur Gutes..."

"Wir telefonieren gelegentlich... er scheint als investigativer Journalist großen Erfolg zu haben..."

Paul schenkt Anna und sich Wein nach.

"Erinnere mich daran, dir eine Flasche von diesem Pinot Noir für ihn mitzugeben... den hat er immer sehr gemocht..."

Eine Weile hört man nur die Musik und ab und zu das Klirren des Bestecks. Paul nimmt wieder einen Schluck Wein, setzt das Glas ab und sieht seine Tochter versonnen an.

"Ich bin so froh, daß es dich gibt..."

Fast verlegen legt Anna das Besteck hin und

drückt ihrem Vater den Arm.

"Ich liebe dich auch sehr, Paps..."

V

Es ist ein trüber, nebliger Novemberabend, als Alex rasch auf den Eingang des CAFE ODEON zu geht und darin verschwindet.

Im Café warten bereits Celine und Paul auf ihn, sie sitzen auf einer Bank wie ein Paar beisammen.

Im Hintergrund, allein an einem Tisch, beobachtet die rothaarige Frau unauffällig die Gäste, die auch da war, als Louis so dringend mit Alex reden wollte. Ihre Gesichtszüge beleben sich, als Alex erscheint.

Celine, Paul und Alex haben sich sehr verändert, Kleidung und Haare verraten, daß Zeit vergangen ist, sie sehen in ihrer ganzen Aufmachung bürgerlicher aus.

Alex steuert auf Celine und Paul zu und wendet sich im Gehen an die Bedienung.

"Bringen Sie mir bitte einen Kaffee..."

"Sofort..."

Alex setzt sich zu Paul und Celine.

Paul grinst und boxt Alex kumpelhaft gegen die Schulter.

"He, Alex... du hast dich kaum verändert..."

Celine sieht von Paul zu Alex.

"Schön, daß es doch noch geklappt hat... wir haben nur nicht soviel Zeit..."

Alex zieht seinen Mantel aus und legt ihn auf einen freien Stuhl.

"Das macht nichts... Ich wollte euch unbedingt sehen..."

Paul, Celine und Alex wirken ungewohnt befangen.

Celine beugt sich vor.

"Und? Erzähl schon! Wie ist es in Paris?"

Die Bedienung bringt den Kaffee.

"Vielen Dank..."

Alex läßt Zuckerwürfel in seinen Kaffee fallen und bemüht sich um einen heiteren Ton.

"Na ja, eine Weile hab' ich's ausgehalten..."

Celine unterbricht ihn überrascht.

"Ausgehalten? Lebst du nicht mehr dort?"

"Ich kam mit dem Schreiben nicht voran... ich weiß nicht, irgendwie war es nicht der richtige Ort... zuviel Ablenkung... und niemand, mit dem ich reden konnte..."

Paul hakt vorsichtig nach, als nichts mehr kommt.

"Und? Was machst du jetzt?"

"Ich habe mit dem Studium angefangen... Medizin... wie mein Vater... und den Führerschein habe

ich auch endlich gemacht..."

Eine kurze, peinliche Pause entsteht, dann versucht es Paul versöhnlich.

"Deine Geschichten haben mir immer gut gefallen... es gibt ja viele Schriftsteller, die Ärzte waren..."

Celine fährt eifrig fort.

"Genau... Arthur Schnitzler oder Gottfried Benn..."

Alex hält den Kopf gesenkt und rührt in seinem Kaffee.

"Das haben mir meine Eltern auch gesagt..."

Celine läßt Alex' resignativen Ton nicht gelten.

"Was soll ich denn sagen? Ich habe mit dem Lehramt angefangen, und davon habe ich ja auch nicht gerade geträumt... nur Paul macht es richtig, er studiert, was er immer schon wollte... Architektur..."

Alex ist nachdenklich geworden.

"Was Louis wohl dazu sagen würde?"

Celines Blick wird plötzlich leer.

Paul wirft einen besorgten Blick auf sie, doch Celine faßt sich wieder und legt Alex eine Hand auf den Arm.

"Es gibt aber auch eine erfreuliche Neuigkeit..."

Celine sieht kurz zu Paul, als ob sie um sein Einverständnis bitten wollte für das, was sie sagen will, und Paul senkt verlegen den Blick.

"Paul hat mich gefragt, ob ich ihn heiraten will..."

Alex hebt überrascht den Kopf und sieht von Paul zu Celine.

"Und? Was hast du gesagt?"

Paul sieht Celine an, jetzt ist es an ihr, den Blick zu senken.

"Sie will es sich überlegen..."

Alex versucht sich von dem Schock zu erholen, die ganze Situation kommt ihm unwirklich vor, aber er spielt mit.

"Was gibt's denn da zu überlegen?"

Celine und Paul sehen sich kurz an, dann antwortet Celine nach kurzem Zaudern.

"Meine Mutter hat mit achtzehn geheiratet... wir müssen unseren Eltern ja nicht alles nachmachen..."

"Ach, wenn's nur das ist... zur Hochzeit ladet ihr mich aber ein, versprochen?"

Paul wirkt erleichtert, jetzt, wo das große Geheimnis gelüftet ist.

"Versprochen..."

"Jetzt, wo das geklärt ist - warum gehen wir nicht zum Ungar und feiern ein bißchen?"

Paul öffnet den Mund, doch Celine kommt ihm zuvor.

"Wir müssen los, wir sind eingeladen... aber wie wär's nach Weihnachten, wenn wir alle wieder zu Hause sind?"

"Gute Idee... laßt uns telefonieren..."

Alex sieht, daß Paul und Celine auf dem Sprung sind.

"Geht ruhig, das hier übernehme ich..."

Paul und Celine stehen zögernd auf, auch Alex erhebt sich. Sie umarmen sich innig und auf eine Weise, die noch einmal die alte Verbundenheit zeigt, auch wenn sie bereits getrennte Wege gehen.

Alex faßt Paul und Celine noch kurz bei den Armen.

"Macht's gut..."

Paul klopft Alex hilflos auf die Schulter.

"Wir sehen uns nach Weihnachten..."

Celine und Paul wenden sich ab, Alex setzt sich wieder und sieht zu, wie die beiden an der Garderobe nach ihren Mänteln suchen.

Paul hilft Celine in den Mantel.

"Was sollte das eben... wir sind doch gar nicht eingeladen..."

Celine lächelt ihn geheimnisvoll an.

"Wart's ab..."

Celine und Paul winken Alex zu, dann sind sie draußen.

Alex lehnt sich zurück und schließt einen Augenblick die Augen. So vieles, das er erst verdauen muß! Er greift in die Jackentasche, zieht eines der selbstgebastelten Gedichtbändchen von Louis hervor und versucht zu lesen, doch er ist nicht in der Stimmung. Er steckt das Gedichtbändchen von Louis wieder ein, nimmt die Rechnung in die Hand, läßt Geld liegen und verläßt das Café.

Die rothaarige Frau, die Alex die ganze Zeit nicht aus den Augen gelassen hat, legt hastig einen Geldschein neben ihre Kaffeetasse und folgt ihm diskret nach draußen.

Alex geht in Richtung Zentralplatz, die rothaarige Frau steigt in ein elegantes Cabrio und folgt ihm in sicherer Entfernung.

Alex ist in den Unteren Quai eingebogen. Die schmale Straße entlang der Schüß, die zum See führt, ist menschenleer.

Plötzlich taucht das Cabrio, dessen Verdeck jetzt zurückgeschlagen ist, hinter Alex auf und fährt neben ihm her.

Die rothaarige Frau am Steuer sieht Alex lächelnd an und bedeutet ihm mit einer kleinen Kopfbewegung einzusteigen.

Alex reagiert zuerst nicht darauf, doch die Frau läßt nicht locker, plötzlich reißt Alex die Beifahrertür auf und wirft sich förmlich auf den Sitz.

Die rothaarige Frau beschleunigt, das Cabrio verschwindet um die Ecke.

Der weiße Opel Rekord hält vor dem Haus, in dem Celine wohnt.

Celine öffnet die Tür und sieht Paul aufmunternd an.

"Es ist niemand zu Hause, du kannst ruhig mitkommen..."

Celine steigt aus und geht auf die Haustür zu, Paul bleibt sitzen und sieht ihr zweifelnd nach.

Celine dreht sich zu Paul um, kommt zurück und lächelt ihn an.

"Du bist herzlich eingeladen..."

Paul sieht sie unschlüssig an und steigt dann entschlossen aus.

Die rothaarige Frau kommt ins Schlafzimmer, läßt ihren Bademantel fallen und schlüpft zu Alex unter die Bettdecke, der starr und nackt auf sie wartet. Die rothaarige Frau drängt sich eng an ihn, streichelt und küßt ihn behutsam. Alex' Erregung wächst, er wälzt sich herum und legt sich schwerfällig auf die Frau, die geschickt seine Bewegungen lenkt, die immer wilder werden.

Die üppige rothaarige Frau schläft tief und fest, beide Arme lässig um das Kopfkissen geschlungen.

Alex liegt neben ihr unter der zerknüllten Bettdecke auf dem Rücken, er sieht verschwitzt und mitgenommen aus. Ratlos betrachtet er die Frau, erhebt sich geräuschlos und geht rasch hinaus.

Alex tastet sich nackt durch das dunkle Wohnzimmer, das ganz schwach von einer Laterne im Innenhof erhellt wird, und sieht aus dem Fenster. Unten im Hof ist ein Mann dabei, einem weißen Spitz mittels eines Stocks das Gehen auf den Hinterbeinen beizubringen. Aus den Augenwinkeln erspäht Alex ein Radio und schaltet es ein, ohne den Mann und den Hund aus den Augen zu lassen.

Aus dem Radio erklingen die letzten Takte einer ernsten, klassischen Musik, dann meldet ein Sprecher mit verhaltener Stimme, in Dallas/Texas sei um etwa 12.30 Ortszeit auf John F. Kennedy geschossen worden, der Präsident der Vereinigten Staaten von Amerika sei inzwischen seinen schweren Verletzungen erlegen, der Vizepräsident, Lyndon B. Johnson, habe vorläufig die Amtsgeschäfte übernommen. Weitere Einzelheiten würden in Kürze folgen, dann setzt wieder getragene, klassische, Musik ein.

Von Alex unbemerkt, hat sich die rothaarige Frau, ebenfalls nackt, von hinten genähert und schlingt wollüstig ihre Arme um ihn.

"Was ist los? Was machst du hier?"

Alex fühlt sich unbehaglich in ihrer Umarmung.

"Ein Mann ist erschossen worden, der an das Gute im Menschen glaubte..."

Schmollend schmiegt sich die rothaarige Frau noch enger an Alex.

"Was erzählst du da... Komm zurück ins Bett..."

Alex reagiert nicht auf sie und starrt weiter aus dem Fenster.

Alex stöhnt laut auf und löst sich nach einer Weile erschöpft aus der engen Umschlingung mit Mila, ohne den Körperkontakt aufzugeben. Jedesmal, wenn er mit ihr zusammen war und diese Urgewalt erlebte, stellte er sich die lähmende Frage, ob er sie nicht nur benützte, obwohl er zu spüren meinte, daß sie es genauso genoß wie er.

Alex legt einen Arm um Milas Hüfte und zieht sie eng an sich. Sogar in der Dunkelheit scheinen ihre honigblonden Ringellocken zu leuchten, und in ihren großen dunklen Augen schimmert noch ein Abglanz ihrer Erregung.

"Ich weiß nicht, wie ich es ausdrücken soll, aber jedesmal, wenn ich so mit dir zusammen bin, habe ich das Gefühl, daß ich dich benütze, daß du denkst, das ist das einzige, was ich von dir will..."

Mila schiebt sich enger an Alex heran.

"Du dummer Junge, das ist doch genau das, was ich an dir so liebe... dieses Kraftvolle, Wilde, dein hemmungsloses Begehren... als ich dich kennenlernte, war meine größte Befürchtung, daß dein angenehmes, zurückhaltendes Wesen deine einzige Charaktereigenschaft sei..."

Alex spürt, wie sich eine innere Verkrampfung löst.

"Ich habe mir schon immer gewünscht, aber nie erlebt, daß es das gibt, Leidenschaft und daß man sich blind versteht... dabei bin ich bald fünfzig..."

Mila stützt sich auf einen Ellbogen auf und beugt sich über Alex.

"Dann mußt du mir eines erklären... wir kennen uns nun schon fast ein Jahr, und wenn wir zusammen sind wie jetzt, ist alles wunderbar... aber kaum wird es Tag, spüre ich, wie du dich wieder in dich verkriechst, als sei das Zusammensein mit mir ein verbotener Ort oder als ob dich verborgene Sehnsüchte quälten..."

Alex richtet sich erschrocken auf, Mila streichelt ihn beruhigend über die Haare.

"Du erzählst mir viel aus deiner Jugend, von Louis, Paul und Celine, wie ihr mit dem alten Amerikanerwagen unterwegs wart... eine verschworene Gemeinschaft, die sich nichts sehnlicher wünschte, als daß die Zeit stillsteht... bist du immer noch in sie verliebt?"

Alex muß nicht lange überlegen.

"Celine? Damals fühlte ich mich stark zu ihr hingezogen, mit ihren schwarzen Haaren und ihrem schweren Gemüt... und später habe ich sie wohl vergeblich in anderen Frauen gesucht... bis ich dich kennenlernte..."

Alex läßt sich wieder auf den Rücken fallen.

"Es ist etwas anderes, das mich quält, und ich habe bis jetzt mit niemand darüber gesprochen..."

Mila schmiegt sich eng an Alex, sie spürt, daß etwas Entscheidendes geschieht.

"Du weißt ja, daß ich nach Paris ging, um Schriftsteller zu werden... aber ich war einfach zu jung und habe viel zu schnell resigniert, ich wurde Arzt wie mein Vater, und ich bin ein guter Arzt... doch wenn ich Zeit habe, schreibe ich Geschichten, und das ist meine eigentliche Welt... deshalb habe ich ständig das Gefühl, daß ich nie wirklich da bin für dich..."

Mila runzelt verständnislos die Stirn.

"Willst du damit sagen, daß du ein schlechtes Gewissen hast, weil du Schriftsteller bist und in deiner eigenen Gedankenwelt lebst? Von mir aus könntest du Tag und Nacht an deinem Schreibtisch sitzen, und Melanie brauchst du gar nicht erst zu fragen..."

"Das ist noch nicht alles... ich überlege, meine Praxis aufzugeben, ich halte dieses Doppelleben nicht mehr aus... du hast einen Arzt kennengelernt, der sich plötzlich als armer Poet entpuppt... das macht mir Sorgen..."

Mila legt Alex sanft eine Hand auf seine Wange. Es ist die zärtliche Geste einer Frau, die sich ihrer selbst und ihrer Weiblichkeit vollkommen gewiß ist.

"Wir gehören zusammen, wir brauchen doch nicht viel... außerdem habe ich meine Arbeit, und die hätte ich sowieso nie aufgegeben..."

In Alex gibt etwas nach, und seine Augen werden feucht. Er dreht sich zu Mila um, legt beide Arme um sie und drückt sie mit aller Kraft an sich.

Nur wenige Meter entfernt liegt Melanie in ihrem Zimmer wach im Bett und versucht zu erahnen, was zwischen ihrer Mutter und diesem Mann, Alex, vor sich geht.

Seit ihr Vater ihre Mutter kurz vor ihrer Geburt schmählich im Stich gelassen hat, lernte ihre Mutter immer wieder Männer kennen, doch es blieben Episoden, allzu rasch wurden ihrer beider Hoffnungen enttäuscht, die meisten Bewerber, die sich erst mächtig ins Zeug legten, verhielten sich alsbald wie Ehemänner, die versorgt werden wollten, und empfanden Melanie als Störenfried.

Doch mit Alex war es ganz anders. Seit ihre Mutter ihn kennengelernt hat, scheint Melanie alles, was seither geschah, eine größere Bedeutung zu haben, sie hat das Gefühl, freier zu atmen, und ihre Mutter verjüngt sich mit jedem Tag.

Alex war gleichbleibend fürsorglich und aufmerksam, nur ihr gegenüber noch etwas scheu, er hat sich bisher noch nicht einmal getraut, ein richtiges Gespräch mit ihr zu führen, doch Melanie spürt, wie ein

Teil von ihr, der bislang brachgelegen hat, allmählich aufzublühen beginnt, und im stillen richtet sie inbrünstig ein Stoßgebet zum Himmel, daß es so weitergehen möge, was ihr peinlich ist, auch wenn sie niemand sieht.

Celine schreckt mit einem Schrei aus einem Traum hoch und richtet sich kerzengerade auf.

Paul ist sofort wach und wendet sich ihr zu.

"Celine? Was ist? Hast du schlecht geträumt?"

Paul nimmt Celine in seine Arme, die steif und aufrecht dasitzt, ihr Gesicht ist wie versteinert.

"Paul... Ich kann dich nicht heiraten..."

Celine macht einen schwachen Versuch, sich aus Pauls Umarmung zu winden, doch Paul hält sie fest.

"Ich kann Louis nicht vergessen, und eines Tages haßt du mich dafür..."

Paul scheint diese Stimmung zu kennen und spricht besänftigend auf Celine ein.

"Ich weiß, was damals im Bootshaus geschah... ich bin euch gefolgt..."

Celine sieht Paul fassungslos an.

"Du bist...? Du weißt...?"

Celine rückt von Paul ab, lehnt sich mit dem Rücken an die Wand und verschränkt die Arme vor der Brust.

"Aber du weißt noch nicht alles..."

Paul schiebt sich wieder näher an Celine heran.

"Ist nicht schwer zu erraten... du erwartest ein Kind..."

Celine sieht Paul völlig konsterniert an.

Paul setzt sich auf und sieht Celine direkt in die Augen.

"Ich liebe dich, seit ich dich zum ersten Mal sah... und das Kind wird aufwachsen, als sei es mein eigenes..."

Celine starrt Paul immer noch an, sie kann nicht glauben, was sie da hört.

Paul hält ihrem Blick ruhig stand, wie jemand, der ganz mit sich im reinen ist.

"Glaube mir, es wird alles gut..."

Celine bricht in Tränen aus und wirft sich Paul heftig in die Arme.

VI

Das Grundstück, auf dem sich eine Schreinerei befand, liegt etwas außerhalb des Stadtzentrums. Entlang der Straße gibt es sonst nur kleinere Anwesen, auf denen Einfamilienhäuser stehen. Die Werkshalle wurde erst vor kurzem abgerissen, es liegt viel Schutt herum, eine Außenmauer mit dem Schriftzug der Firma steht zum Teil noch: <Perrin & Fi....>.

Paul rumpelt mit seinem Auto auf das Gelände und sieht mitten auf dem Areal den Mann stehen, der dort ein luxuriöses Wohnhaus bauen möchte.

Der Mann ist groß, sein Bauch wölbt sich beängstigend über den Hosenbund, sein Kopf ist ungewöhnlich klein, der Ausdruck seines Gesichts verkniffen.

Paul steigt mit einer dicken Mappe aus seinem Auto, geht auf den Mann zu und streckt ihm seine Hand hin.

"Herr Steiner? Wir haben telefoniert, ich bin der Architekt, den Sie kontaktiert haben..."

Der Mann ignoriert Pauls ausgestreckte Hand und zieht einen Plan aus seiner Jackentasche.

"Ich hab's mir überlegt... ich stelle mir ein dreistöckiges Haus vor, das rundum von viel Grün umgeben ist..."

Paul überfliegt den Plan und versucht zu verbergen, daß er ihn schon kennt.

"Wirklich imposant... es gibt nur ein Problem, die Stadt hat im Bebauungsplan eine maximale Giebelhöhe festgelegt, und mit Ihrer Vorstellung liegen Sie leider ziemlich drüber..."

Steiner echauffiert sich und fuchtelt mit den Armen.

"Kann man in diesem Land nichts machen, ohne daß gleich Verbotstafeln aufgestellt werden?"

"Tja, so ist das nun mal... aber ich mache Ihnen einen Vorschlag... verlängern Sie den Grundriß um einen Meter in der Länge und zwei in der Breite, damit hätten Sie zwei Zimmer gewonnen und sparen sich den dritten Stock, und die überdachte Terrasse auf der Südseite wird dadurch auch um einiges größer..."

Der schwere Mann starrt Paul mißtrauisch an.

"Woher soll ich wissen, daß Sie nicht nur die Kosten steigern wollen?"

"Meine Offerte ist sogar günstiger..."

Paul greift in seine Tasche und überreicht Steiner ein ausführliches Exposé.

"Das habe ich an Ihre Firma geschickt, aber offenbar wurde es nicht an Sie weitergeleitet..."

Steiner nimmt das Exposé entgegen, blättert kurz darin, sieht Paul überrascht an, stopft es in seine ausgebeulte Jackentasche und streckt ihm die Hand hin.

"Ich rufe Sie an... es muß aber schnell gehen, nächstes Jahr möchte ich einziehen..."

Paul drückt seine Hand.

"Sie bekommen genau das Haus, das Sie sich wünschen..."

Der Anruf von Paul erreicht Alex genau in dem Augenblick, als er seine Praxis abschließen und sich auf den Weg zu einem Hausbesuch machen will.

Pauls Stimme klingt sehr schwach.

"Alex? Tut mir leid, dich zu stören, aber mir geht es plötzlich sehr schlecht... mir ist übel, und ich habe dauernd Schweißausbrüche..."

"Klingt nach einer Vergiftung... bist du zu Hause?"

"Ja, ich bin bei mir zu Hause..."

"Ich rufe eine Ambulanz und bin sofort bei dir... öffne jetzt gleich die Haustür, falls das geht, ich möchte nicht, daß wir bei dir einbrechen müssen..."

Alex legt auf und sagt seinem Patienten ab, es wäre ohnehin nur ein Routinebesuch gewesen, dann verständigt er die Ambulanz.

Alex überlegt, dann wählt er noch einmal.

"Hallo? Celine? Paul hat mich eben angerufen, ihm geht es ziemlich mies... scheint eine Vergiftung zu sein... hör mal, können wir uns bei ihm treffen?

Ich habe die Ambulanz angerufen, er soll ins Inselspital... aber du könntest mir sicher helfen..."

Celine ist eben zur Tür hereingekommen, sie hat noch die Schultasche in der Hand und telefoniert im im Stehen.

"Das ist ja schrecklich... ja, natürlich komme ich..."

"Dann bis gleich..."

Celine und Paul legen gleichzeitig auf, Paul stürzt aus seiner Praxis, Celine wirft die Schulmappe auf die Couch und stopft hastig und wahllos ein Paar Sachen in eine Reisetasche, die man für eine Übernachtung braucht.

Die Ambulanz steht bereits mit rotierendem Blaulicht vor Pauls Haus, als Alex mit seinem Notarztwagen eintrifft.

Alex steigt aus, macht den Sanitätern ein Zeichen und läuft auf die Haustür zu, die nur angelehnt ist. Die beiden Sanitäter folgen mit einer Trage.

Als Alex ins Zimmer stürmt, sitzt Paul bleich und bewegungslos im Sessel vor dem Tischchen mit dem Schachbrett, sein Gesicht verzieht sich zu einem schmerzlichen Grinsen.

"He, Paul, was machst du bloß für Sachen..."

Paul versucht etwas zu sagen, doch es bewegt sich nur sein Mund.

"Ganz ruhig, streng dich nicht an...."

Alex untersucht ihn flüchtig und öffnet seinen Ärztekoffer.

"Hör zu, ich spritze dir jetzt etwas, das deinen Kreislauf stärkt, dann bringen wir dich ins Inselspital... ich kenne dort ein paar Spezialisten..."

Paul nickt und versucht Alex zuzulächeln, der ihm eine Spritze setzt.

Die Sanitäter sind Alex ins Wohnzimmer gefolgt und stellen routiniert die Trage auf.

Paul wird unter der Aufsicht von Alex sorgfältig auf der Trage festgezurrt, und als die Sanitäter ihn aus dem Wohnzimmer schieben wollen, erscheint plötzlich Celine mit ihrer Reisetasche in der Tür.

Alex wartet etwas besorgt auf Pauls Reaktion, doch dafür gibt es keinen Grund. Celine tritt an die Trage und legt Paul eine Hand auf die Wange.

"Ich komme mit, mach dir keine Sorgen..."

Auch wenn Paul willentlich kaum einen Gesichtsausdruck zustandebringt, sieht man an seinen Augen, daß für ihn alles in Ordnung ist.

Die Sanitäter sehen Alex fragend an.

"Bringt ihn schon mal raus in die Ambulanz, aber fahrt noch nicht los..."

Die Trage wird hinaus geschoben, und Alex wendet sich an Celine.

"Wenn du mitfahren willst, gibt es hinten einen Platz... ich fahre mit meinem Notarztwagen..."

"Wie schlimm ist es?"

"Wenn ich wüßte, was er gegessen hat, wäre es bedeutend einfacher... Paul ißt doch keine verdorbenen Sachen..."

Celine sieht Alex mit gerunzelter Stirn nachdenklich an, dann geht sie rasch in die Küche und öffnet den Kühlschrank, als sei sie nie weggewesen. Er ist halbleer, ganz vorne steht ein Unterteller mit Butter, eine angeschnittene Salami und in Frischhaltefolie verpackt ein halb aufgegessener Schimmelkäse. Celine nimmt die Salami und den Schimmelkäse, geht damit ins Wohnzimmer zurück und hält beides Alex hin.

"Paul läßt sich von Freunden aus Frankreich immer diesen Schimmelkäse schicken..."

"Nimm beides mit, wir lassen das untersuchen..."

Alex und Celine kommen aus dem Haus, und Alex muß verstohlen lächeln, als Celine die Haustür gewohnheitsmäßig mit ihrem Schlüssel abschließt.

Die Sanitäter haben Paul auf seiner Trage inzwischen im Wagen fixiert, Celine klettert zu ihm in die Ambulanz, Alex steigt in sein Notarztauto, beide Fahrzeuge starten mit Blaulicht und Sirene.

Etwas gedämpft, aber deutlich vernehmbar, hört man die Sirene auch im Inneren der Ambulanz, die mit hoher Geschwindigkeit unterwegs ist. Der Sanitäter hat eine Infusion angelegt und prüft den Puls an Pauls Handgelenk. Paul sieht jetzt etwas belebter aus, er ist eigenartig ruhig und gelassen.

Celine faßt nach Pauls freier Hand und drückt sie mit ihren beiden Händen.

"Hab' keine Angst, ich bin bei dir, alles wird gut..."

Paul dreht den Kopf und sieht Celine lächelnd in die Augen. Seine Stimme klingt schwach, und seine Worte sind kaum vernehmlich.

"Ich habe keine Angst... ich bin glücklich, wenn du bei mir bist..."

Celine wendet sich betroffen ab und bricht in Tränen aus.

Die Ambulanz und das Notarztauto von Alex halten vor der Notaufnahme des Inselspitals.

Paul wird von kundigen Händen in Empfang genommen, Alex übergibt einem Mitarbeiter die angeschnittene Salami und den Schimmelkäse zur Untersuchung, und Celine eilt mit ihrer Reisetasche hinter Alex und der fahrbaren Trage her durch endlose Gänge, die Pfleger biegen in enge Flure ab und benützen mehrmals den Aufzug. Celine hat Mühe, Schritt zu halten, Alex ist ihr behilflich.

"Wir sind gleich da, sie warten schon auf ihn..."

Die Tür zum Untersuchungszimmer ist offen, die Trage mit Paul wird rasch hinein geschoben. Alex faßt Celine sachte am Arm und setzt sie auf einen Stuhl im Wartebereich.

"Am besten du wartest hier... ich bin gleich zurück..."

Alex hastet den Pflegern hinterher, die Tür des Untersuchungszimmers schließt sich hinter ihm.

Paul wird auf ein Bett gelegt und sofort an verschiedene Geräte angeschlossen, Blut wird abgenommen. Die Pfleger verlassen mit der Trage das Zimmer.

Dr. Allemann, der diensthabende Arzt, nickt Alex lächelnd zu wie einem alten Bekannten, dann untersucht er Paul routiniert, der apathisch alles mit sich gefallen läßt, und beugt sich über ihn.

"Keine Bange, das kriegen wir hin, Sie sind hier in den besten Händen..."

Dr. Allemann nimmt Alex am Arm, geht mit ihm zur Tür und senkt seine Stimme.

"Das gefällt mir nicht, wir müssen ganz schnell den Erreger finden..."

"Das seh' ich auch so... aber wenn du mit seiner Frau sprichst... sie ist ziemlich durcheinander..."

Dr. Allemann zwinkert Alex zu und öffnet die Tür.

"Hab' schon verstanden..."

Celine sitzt angespannt ganz vorne auf der Stuhlkante, als Alex mit Dr. Allemann aus dem Untersuchungszimmer kommt, sie springt auf und geht ihnen entgegen.

Alex nickt seinem Kollegen zu, der Celine seine Hand entgegenstreckt.

"Ich bin Dr. Allemann... Ihrem Mann geht es den Umständen entsprechend gut... wir machen jetzt Tests, um herauszufinden, was ihn vergiftet hat... dafür ist unsere Abteilung berühmt..."

Dr. Allemann legt Alex freundschaftlich eine Hand auf den Rücken.

"Halten Sie sich an Alex, wir werden ihn über alles informieren..."

Dr. Allemann geht rasch davon, Alex sieht Celine aufmerksam in die Augen.

"Wie geht's dir? Fährst du mit mir zurück?"

"Ich bleibe hier... ich nehme mir ein Hotelzimmer..."

"Gut... sehr gut... sprich mir deine Nummer auf den Anrufbeantworter... morgen früh bin ich wieder da... oder schon eher, falls etwas ist..."

Alex zögert, dann drückt er Celine einen Kuß auf die Stirn.

"Schön, daß du mitgekommen bist... ich bleibe noch eine Weile bei Paul..."

Alex winkt Celine noch einmal zu und öffnet die Tür zum Untersuchungszimmer.

Celine nimmt ihre Reisetasche und geht in die Richtung, aus der sie gekommen sind.

Celine kommt aus dem Aufzug und steuert auf den Empfang des Inselspitals zu.

"Können Sie mir bitte sagen, ob es hier in der Nähe ein Hotel gibt?"

Die Frau vom Empfang sieht von ihrem Computer hoch.

"Das SHANGRI-LA... hat vor ein paar Tagen aufgemacht... gleich da drüben, auf der anderen Seite der Straße..."

"Es gibt ein Hotel, das SHANGRI-LA heißt?"

"Ja, sicher, die ganze Hotelkette heißt so..."

Durch die Drehtür verläßt Celine das Spital und sieht sich draußen um. Auf der anderen Straßenseite sieht man die milchig-lila beleuchtete Fassade und die Leuchtreklame des Hotels.

Celine läuft mit ihrer Tasche über die Straße auf den Eingang zu, ohne auf den Verkehr zu achten.

Im Inneren sieht alles noch sehr neu und edel aus, die Rezeption wirkt so futuristisch wie das Cockpit einer Raumstation.

Ein in eleganten, dunklen Zwirn gekleideter junger Mann, das schwarz glänzende Haar mit Gel straff nach hinten gekämmt, sitzt dort auf dem Sessel der Kommandozentrale und lächelt Celine dienstbeflissen entgegen.

"Schönen guten Abend, was kann ich für Sie tun?"

"Ich brauche ein Zimmer für eine Nacht, vielleicht für länger... geht das?"

"Mal sehen... ja, kein Problem... wie möchten Sie zahlen?"

"Kreditkarte..."

"Dann füllen Sie doch bitte dieses Formular hier aus..."

Celine kommt der Aufforderung nach und schiebt dem jungen Mann den Meldezettel wieder zu.

"Besten Dank... Zimmer 369..."

Der junge Mann überreicht Celine eine Chipkarte.

"Sollten Sie etwas brauchen... wir sind rund um die Uhr für Sie da..."

"Vielen Dank..."

"Ich wünsche Ihnen einen angenehmen Aufenthalt..."

Celine nickt dem jungen Mann zu, nimmt ihre Reisetasche und verschwindet im Aufzug.

Celine betritt ihr Zimmer, das in sorgfältig aufeinander abgestimmten Pastelltönen gehalten ist, stellt ihre Reisetasche auf die Gepäckablage und setzt sich aufs Bett. Sie sieht sich ratlos um, ohne etwas wahrzunehmen, dann macht sie sich frisch, prüft ihr Gesicht im Spiegel und verläßt das Zimmer wieder.

Am Eingang zur Bar, ein Wunderwerk an gediegener, indirekter Beleuchtung, verspiegelten Wänden und verschwiegener Nischen, bleibt Celine kurz stehen und wirft einen flüchtigen Blick auf ihr Spiegelbild, das sie von überallher zu mustern scheint, und geht beruhigt weiter. In ihrem Kostüm, das sie noch in der Schule getragen hat, wirkt sie hier keineswegs deplaciert.

Es halten sich hier nur wenige Gäste auf, Celine setzt sich an die Bar, der Barkeeper gleitet geräuschlos herbei.

"Guten Abend... was darf ich Ihnen bringen?"

"Einen Cognac bitte... einen doppelten..."

"Sehr wohl..."

Celine ist noch immer aufgewühlt und weiß nicht so recht, wie sie sich verhalten soll, sie fühlt sich gehemmt in dieser ihr fremden Umgebung.

Der Barkeeper bringt den Cognac.

"Hier bitte..."

"Danke..."

Nach dem ersten Schluck sieht sich Celine unauffällig um, ihr Blick bleibt an einem Mann hängen, etwa in ihrem Alter, gutaussehend, aber etwas verlebt, der, ebenfalls einen Cognac vor sich, reglos auf den Tresen starrt. Der Mann scheint Celines Blick zu spüren und wendet sich ihr mit abwesendem Blick zu.

Wie von einem hellen Klang aus einem Traum geweckt, gleitet Celine vom Hocker, geht wie magisch angezogen die paar Schritte zu dem Mann hinüber und spricht ihn flüsternd an.

"Louis?"

Der Mann öffnet schon den Mund, um sich ihrer Zudringlichkeit zu erwehren, als auch ihm schlagartig klar wird, wen er vor sich hat.

"Celine?"

Noch während Louis ihren Namen ausspricht, gleitet Celine lautlos zu Boden.

Celine liegt unter der Tagesdecke angezogen auf ihrem Bett.

Louis sitzt auf der Bettkante, hält ihre Hand und sieht Celine prüfend an.

Celine kommt zu sich und starrt Louis entgeistert an.

"Wo bin ich? Was ist passiert?"

"Du bist ohnmächtig geworden... Ich habe dich

auf dein Zimmer gebracht... wir sind im SHANGRI-LA..."

"In SHANGRI-LA"?

Louis schüttelt lächelnd den Kopf und läßt sachte Celines Hand los.

"Nein, im *Hotel* SHANGRI-LA..."

Celine richtet sich langsam auf und betrachtet Louis sinnend, als seien keine dreißig Jahre vergangen, sie ist noch immer wie in Trance.

<...und da erkannte er plötzlich, daß Shangri-La und Lo-Tsin in ihrer Art vollkommen waren und daß er nicht mehr begehrte, als eine leise, nicht immer eindeutige Antwort in all dieser Stille zu wecken...>

Celines Stimme ist leise und schwankend, Louis fährt in der gleichen Tonlage fort.

<...seit Jahren waren seine Leidenschaften wie ein Nerv gewesen, an dem die Welt zerrte; nun war der Schmerz endlich eingeschläfert, und er konnte sich seiner Liebe hingeben, die weder quälend noch langweilig war...>

Alex sieht Celine erstaunt an.

"James Hilton, <Der verlorene Horizont>... das hast du auch gelesen?"

"Ich habe alle Bücher gelesen, die du mir empfohlen hast..."

Eine Stimmung der Verzauberung senkt sich für einen kurzen Augenblick auf Louis und Celine, dann sehen sie sich forschend und abwartend in die Augen, die große Frage schwebt in der Luft, wo Louis all die Jahre gewesen war, da er ja offensichtlich nicht im See ertrunken ist.

Bevor einer der beiden etwas sagen kann, klopft es an die Tür.

Louis steht rasch vom Bett auf.

"Ich glaube, das ist für mich... du erlaubst?"

Celine nickt, dann geht Louis mit langen Schritten zur Tür. Erst jetzt sieht man, wie elegant und gleichzeitig extravagant er gekleidet ist. Zu einem dunkelgrauen Nadelstreifen-Zweireiher trägt er ein schwarzes Hemd ohne Krawatte, seine Füße stecken in schwarzen Basketballschuhen.

Louis öffnet die Tür, und ein hübscher, blonder, etwas molliger und feminin wirkender Mann   Mitte dreißig tritt ein. Irritiert und vorwurfsvoll sieht er von Louis zu Celine und wieder zu Louis.

"Entschuldigung, ich möchte nicht stören... aber du wolltest mir doch Bescheid sagen..."

Louis faßt den jungen Mann leicht um die Taille.

"Tut mir leid, es war alles etwas kompliziert..."

Louis schiebt den jungen Mann etwas weiter ins Zimmer.

"Celine, das ist Daniel... Daniel, das ist Celine... wir haben zusammen die Matura bestanden..."

Daniel und Celine mustern sich mit unverhohlener

Neugier, Louis beobachtet angespannt die Reaktion von Celine.

Daniel macht einen Schritt auf Celine zu und hebt wie zum Gruß etwas geziert einen Arm.

"Oh, hallo... ich hoffe sehr, es geht Ihnen besser..."

Daniel dreht sich um, geht zur Tür und wendet sich über die Schulter an Louis.

"Léon? Ich warte in unserem Zimmer auf dich..."

Daniel wirft einen letzten, abfälligen Blick auf Celine und schließt betont die Tür hinter sich.

Celine starrt Louis verwirrt an, wie unter Schock, ihr will das, was sie eben gesehen und gehört hat, nicht eingehen.

"Léon?"

Ein wehmütiges Lächeln erscheint auf Louis' Gesicht.

"Ich habe eine vollkommen neue Identität... und Daniel ist mein Freund, mein Lebenspartner... ich hatte damals nicht den Mut, zu meiner Neigung zu stehen, du hast ja meinen Vater gekannt..."

Louis setzt sich wieder zu Celine aufs Bett.

Celine wirft die Tagesdecke von sich und setzt sich auf die Bettkante neben Louis.

"Aber... du und ich, wir waren doch... verliebt ineinander... ich war es jedenfalls, ganz und gar... und diese eine Nacht, in der wir zusammen waren..."

"Ich war fasziniert von dir wie von keinem anderen Menschen... das schwöre ich... nur eben nicht so, wie du dir das wünschtest..."

"Du hast mich provoziert, mich aufgewühlt, mir meine Ruhe geraubt... und ich lebte im festen Glauben, dies sei deine kryptische Art, in mich verliebt zu sein..."

"Als ich merkte, was du für mich empfindest, war es zu spät, ich konnte nicht mehr zurück, ohne mich zu verraten..."

"Also hast du nur mit mir gespielt und mich benützt, um dein Geheimnis zu bewahren..."

Celine dreht sich zur Seite, Tränen laufen ihr übers Gesicht.

"Nein, Celine, das ist nicht wahr! Ich habe es nur immer schlimmer getrieben, in der Hoffnung, daß du mich irgendwann endlich haßt..."

Louis legt Celine sanft einen Arm um ihre Schultern, allmählich beruhigt sie sich wieder.

"Ich weiß, ich habe dich tief verletzt, das ist das einzige, was ich mir nie verzeihe..."

Celine trocknet ihre Tränen.

"Und warum sollten wir glauben, daß du im See ertrunken bist?"

"Ich hatte schon lange vor, meinen Tod vorzutäuschen und irgendwo ein neues Leben anzufangen.

Irgendwo, wo mich niemand kannte und keiner fragte, ob ich Männer oder Frauen liebe... meine Mutter war die einzige, die davon wußte, sie hat einen Bruder in Südamerika, der bereit war, mir zu helfen..."

"Du hättest doch einfach weggehen können..."

"Mein Vater hätte mich bis in den hintersten Winkel der Welt verfolgt... das hat sich ja gottseidank erledigt, jetzt ist Antoine der Chef..."

Eine Weile sitzen Louis und Celine stumm nebeneinander.

"Und warum bist du zurückgekommen?"

"Meine Mutter hatte eine schwere Operation, sie liegt seit einer Woche im Inselspital..."

"Was für ein Zufall... Paul wurde heute dort eingeliefert... eine schlimme Vergiftung..."

"Paul...? Paul aus unserer Clique? Entschuldige, ich habe mit allem gebrochen, was Vergangenheit ist..."

"Ja, wir sind verheiratet..."

Celine wirft einen kurzen Seitenblick auf Louis und fährt dann ohne zu zaudern fort.

"...und wir haben zwei Kinder..."

"Ich hoffe, er wird bald wieder gesund..."

Louis zögert kurz.

"Und was ist mit Alex?"

"Wir sind immer noch befreundet, er ist unser Hausarzt..."

"Ich dachte, er wollte Schriftsteller werden..."

Celine legt eine Hand auf Louis' Hand, ohne hinzusehen, beide sehen vor sich auf den Boden. Eine Weile spricht keiner, dann hebt Louis den Kopf.

"Wirst du den beiden von mir erzählen?"

Celine schüttelt kaum merklich den Kopf.

"Nein, das soll unser Geheimnis bleiben..."

Wieder Schweigen, dann richtet sich Celine auf, sieht Louis lange an, fährt ihm zärtlich durch die Haare und küßt ihn sanft auf den Mund.

"Armer Louis, dann habe ich dich also umsonst verführt..."

Celine steht ohne Hast auf, ebenso Louis. Sie fassen sich bei den Händen, dann tastet Louis sich vorsichtig vor.

"Bleiben wir in Verbindung?"

"Das halte ich für keine gute Idee..."

Louis nickt und drückt Celine feierlich einen Kuß auf die Stirn.

"Dann wünsche ich euch allen alles Gute... dir, Paul, den Kindern... und Alex..."

Louis wendet sich rasch ab und geht zur Tür, dreht sich ein letztes Mal nach Celine um, lächelt ihr zu und ist verschwunden.

Celine sieht ihm mit einem Ausdruck nach, als sei ihr eine große Last von der Seele gewichen, aber auch, als habe sie gleichzeitig eine große Enttäuschung erlebt.

Eilig geht Celine auf den Eingang des Inselspitals zu zu und stößt energisch die Drehtür auf.

Alex hat im Foyer auf Celine gewartet und kommt mit einem strahlenden Lächeln auf sie zu.

"Gute Neuigkeiten! Es ist dieser Schimmelkäse, der Paul vergiftet hat! Während des Transports wurde er wohl nicht ausreichend gekühlt..."

"Gottseidank..."

Celine umarmt Alex spontan.

"Armer Paul, diesen Käse hat er so gemocht... kann ich ihn sehen?"

"Ja, er ist wach, aber das Antibiotikum hat ihn sehr geschlaucht..."

Alex macht einen Schritt auf den Ausgang zu.

"Wir sehen uns später, einverstanden? Ich muß zurück in meine Praxis..."

Celine berührt Alex leicht am Arm.

"Nochmals vielen Dank, Alex, du bist ein wahrer Freund..."

Fast verwundert sieht Alex Celine an.

"Aber das ist doch selbstverständlich..."

Alex dreht sich an der Drehtür kurz um und winkt Celine zu, dann geht Celine zu den Aufzügen.

Paul liegt dösend im Bett, als Celine leise das Zimmer betritt. Celine zieht sich einen Stuhl ans Bett und faßt behutsam nach Pauls Händen. Paul öffnet die Augen und sieht erstaunt in Celines aufgewühltes Gesicht.

"Dieser verdammte Käse... du hast immer gesagt, daß er so merkwürdig riecht..."

Celine lacht, doch plötzlich stürzen ihr die Tränen aus den Augen, sie drückt ganz fest Pauls Hände.

"Mach' nie mehr solche Sachen, hörst du?"

Paul drückt sachte Celines Arm.

"Ich tue doch immer, was du sagst..."

VII

Die Herbstsonne hat sich beharrlich durch den Nebel gefressen, der am Vormittag noch tief über dem See hing, und die Luft so aufgewärmt, daß die dreißigjährige Maturfeier draußen auf der Terrasse des Restaurants stattfinden kann.

Noch immer sitzen viele der Ehemaligen an den Tischen vor einem letzten Schluck Wein oder einer Tasse Kaffee, einige sind schon gegangen, andere haben kleine Gruppen gebildet, unterhalten sich oder sehen einfach nur andächtig über den glitzernden See.

Alex und Paul, der abwesend und nervös wirkt, stehen an der Terrassenbrüstung mit Benny zusammen, einem Ehemaligen aus der naturwissenschaftlichen Parallelklasse, gegen die sie im Winter immer Eishockey gespielt und haushoch gewonnen hatten, weil Alex und Louis ihnen läuferisch so überlegen waren, daß sie sie wahrscheinlich auch im Alleingang hätten besiegen können.

Benny, noch einer der Besten, kann das bis auf den heutigen Tag nicht verwinden, umso weniger, als in seiner Klasse bis auf eine Mitschülerin alles Jungs waren, bei Alex und Paul dagegen nur die Hälfte, und und so versucht er mit fadenscheinigen Argumenten die Leistung der beiden herunterzuspielen und das Unvermögen seiner Mannschaft mit faulen Ausreden schönzureden.

Alex und Paul kennen dieses Spielchen und lachen nur dazu.

Alex, schlank und drahtig, stößt Benny, der seit damals beträchtlich zugelegt hat, spielerisch gegen den Bauch.

"Weißt du was? Im Winter holen wir wieder unsere Schlittschuhe hervor und spielen es ein letztes Mal aus..."

"Das könnte dir so passen..."

Verärgert tritt Benny den Rückzug an.

Von allen unbeachtet, hat sich die Tür zur Terrasse geöffnet, und Celine steht auf der Schwelle. Sie hat ihre Rüstung abgelegt und trägt das Kleid, das sie für diese Feier anprobiert hat.

Scheu, fast verloren schaut sie um sich, bis sie von ihren ehemaligen Mitschülerinnen entdeckt wird, die sich jubelnd und mit wildem Geschrei auf sie stürzen.

Celine verschwindet in der Menschentraube und wird an einen der Tische gezerrt, jemand holt einen freien Stuhl.

Bevor Celine ganz von ihren Schulfreundinnen abgeschirmt und vereinnahmt wird, wirft sie einen Blick über die Terrasse, wo sie Paul mit Alex zusammen sieht. Die beiden haben sich neugierig umgedreht, um herauszufinden, was der Tumult bedeutet.

Celines Blick trifft auf den von Paul, der so sehr hoffte, Celine möge erscheinen, als Zeichen dafür, daß wieder alles in Fluß ist, wenn auch auf rätselhafte Weise, und beinahe hätte er schon resigniert.

Paul und Celine halten lange den Blick, und Paul spürt, daß sie ihn jetzt mit ganz anderen Augen ansieht, dann taucht Celine ab ins Leibergewirr der aufgeregten Frauen.

Alex, der den Blickkontakt zwischen Paul und Celine beobachtet hat, entgeht nicht, wie sich auf Pauls Gesicht ungläubiges Staunen ausbreitet.

"Na, wer sagt's denn... echt genial dein Trick mit dem verdorbenen Schimmelkäse..."

Paul wirkt so entrückt, daß er Alex' Stichelei gar nicht wahrzunehmen scheint, er lehnt sich mit dem Rücken gegen die Terrassenbrüstung, und seine Gedanken fliegen wieder zu jenen Tagen zurück, als er hinten neben Celine unbeschwert in dem alten Hudson saß, Louis am Steuer, Alex auf dem Beifahrersitz, und sie gemächlich und ziellos durch die herbstliche, sonnendurchflutete Seelandschaft fuhren.

FSC
www.fsc.org

MIX

Papier | Fördert
gute Waldnutzung

FSC® C083411

Zeitfracht Medien GmbH
Ferdinand-Jühlke-Straße 7
99095 Erfurt, Deutschland
produktsicherheit@kolibri360.de